AU-DESSUS DE LA MÊLÉE

Romain Rolland

Copyright pour le texte et la couverture © 2023 Culturea
Edition : Culturea (culurea.fr), 34 Hérault
Contact : infos@culturea.fr
Impression : BOD, Norderstedt (Allemagne)
ISBN :9791041814299
Date de publication : juillet 2023
Mise en page et maquettage : https://reedsy.com/
Cet ouvrage a été composé avec la police Bauer Bodoni

INTRODUCTION

Un grand peuple assailli par la guerre n'a pas seulement ses frontières à défendre : il a aussi sa raison. Il lui faut la sauver des hallucinations, des injustices, des sottises, que le fléau déchaîne. À chacun son office : aux armées, de garder le sol de la patrie. Aux hommes de pensée, de défendre sa pensée. S'ils la mettent au service des passions de leur peuple, il se peut qu'ils en soient d'utiles instruments ; mais ils risquent de trahir l'esprit, qui n'est pas la moindre part du patrimoine de ce peuple. Un jour, l'histoire fera le compte de chacune des nations en guerre ; elle pèsera leur somme d'erreurs, de mensonges et de folies haineuses. Tâchons que devant elle la nôtre soit légère !

On apprend à l'enfant l'Évangile de Jésus ! L'idéal chrétien. Tout, dans l'éducation qu'il reçoit à l'école, est fait pour stimuler en lui la compréhension intellectuelle de la grande famille humaine. L'enseignement classique lui fait voir, par-delà les différences de races, les racines et tronc communs de notre civilisation. L'art lui fait aimer les sources profondes du génie des peuples. La science lui impose la foi dans l'unité de la raison. Le grand mouvement social qui renouvelle le monde lui montre autour de lui l'effort organisé des classes travailleuses pour s'unir en des espoirs et des luttes qui brisent les barrières des nations. Les plus lumineux génies de la terre chantent, comme Walt Whitman et Tolstoï, la fraternité universelle dans la joie ou la souffrance, ou, comme nos esprits latins, percent de leur critique les préjugés de haine et d'ignorance qui séparent les individus et les peuples.

Comme tous les hommes de mon temps, j'ai été nourri de ces pensées ; j'ai tâché, à mon tour, d'en partager le pain de vie avec mes frères plus jeunes ou moins fortunés. Quand la guerre est venue, je n'ai pas cru devoir les renier, parce que l'heure était arrivée de les mettre à l'épreuve. J'ai été outragé. Je savais que je le serais et j'allais au-devant. Mais je ne savais point que je serais outragé, sans même être entendu. Pendant plusieurs mois, personne en France n'a pu connaître mes écrits que par des lambeaux de phrases artificieusement découpés, déformés par mes ennemis. C'est une grande lâcheté. Elle a duré presque un an. Si quelques journaux socialistes ou syndicalistes réussirent, çà et là, à faire passer quelques fragments, ce n'est qu'au mois de juin 1915 que, pour la première fois, mon principal article, celui qui était l'objet des pires accusations, — Au-dessus de la Mêlée — datant de septembre 1914, put être publié intégralement (presque intégralement), grâce au zèle malveillant d'un pamphlétaire maladroit, à qui je suis redevable d'avoir pu faire pénétrer, pour la première fois, ma parole dans le public de France.

Un Français ne juge pas l'adversaire sans l'entendre. Qui le fait, c'est lui-même qu'il juge et qu'il condamne : car il prouve qu'il a peur de la lumière. — Je mets sous les yeux de tous, les textes diffamés. Je ne les défendrai pas. Qu'ils se défendent eux-mêmes !

J'ajouterai un seul mot. Je me suis trouvé, depuis un an, bien riche en ennemis. Je tiens à leur dire ceci : ils peuvent me haïr, ils ne parviendront pas à m'apprendre la haine. Je n'ai pas affaire à eux. Ma tâche est de dire ce que je crois juste et humain. Que cela plaise ou que cela irrite, cela ne me regarde plus. Je sais que les paroles dites font d'elles-mêmes leur chemin. Je les sème dans la terre ensanglantée. J'ai confiance. La moisson lèvera.

Septembre 1915

I

LETTRE OUVERTE
À GERHART HAUPTMANN

Samedi 29 août 1914

Je ne suis pas, Gerhart Hauptmann, de ces Français qui traitent l'Allemagne de barbare. Je connais la grandeur intellectuelle et morale de votre puissante race. Je sais tout ce que je dois aux penseurs de la vieille Allemagne ; et encore à l'heure présente, je me souviens de l'exemple et des paroles de *notre* Gœthe — il est à l'humanité entière — répudiant toute haine nationale et maintenant son âme calme, à ces hauteurs *« où l'on ressent le bonheur ou le malheur des autres peuples comme le sien propre »*. J'ai travaillé, toute ma vie, à rapprocher les esprits de nos deux nations ; et les atrocités de la guerre impie qui les met aux prises, pour la ruine de la civilisation européenne, ne m'amèneront jamais à souiller de haine mon esprit.

Quelques raisons que j'aie donc de souffrir aujourd'hui par votre Allemagne et de juger criminels la politique allemande et les moyens qu'elle emploie, je n'en rends point responsable le peuple qui la subit et s'en fait l'aveugle instrument. Ce n'est pas que je regarde, ainsi que vous, la guerre comme une fatalité. Un Français ne croit pas à la fatalité. La fatalité, c'est l'excuse des âmes sans volonté. La guerre est le fruit de la faiblesse des peuples et de leur stupidité. On ne peut que les plaindre, on ne peut leur en vouloir. Je ne vous reproche pas nos deuils ; les vôtres ne seront pas moindres. Si la France est ruinée, l'Allemagne le sera aussi. Je n'ai même pas élevé la voix, quand j'ai vu vos armées violer la neutralité de la noble Belgique. Ce forfait contre l'honneur, qui soulève le mépris dans toute conscience droite, est trop dans la tradition politique de vos rois de Prusse ; il ne m'a pas surpris.

Mais la fureur avec laquelle vous traitez cette nation magnanime, dont le seul crime est de défendre jusqu'au désespoir son indépendance

4/98

et la justice, comme vous-mêmes, Allemands, l'avez fait en 1813 c'en est trop ! L'indignation du monde se révolte. Réservez-nous ces violences à nous Français, vos vrais ennemis ! Mais vous acharner contre vos victimes, contre ce petit peuple belge infortuné et innocent !... quelle honte !

Et non contents de vous en prendre à la Belgique vivante, vous faites la guerre aux morts, à la gloire des siècles. Vous bombardez Malines, vous incendiez Rubens. Louvain n'est plus qu'un monceau de cendres, — Louvain avec ses trésors d'art, de science, la ville sainte ! Mais qui donc êtes-vous ? Et de quel nom voulez-vous qu'on vous appelle à présent, Hauptmann, qui repoussez le titre de barbares ? Êtes-vous les petits-fils de Gœthe, ou ceux d'Attila ? Est-ce aux armées que vous faites la guerre, ou bien à l'esprit humain ? Tuez les hommes, mais respectez les œuvres ! C'est le patrimoine du genre humain. Vous en êtes, comme nous tous, les dépositaires. En le saccageant, comme vous faites, vous vous montrez indignes de ce grand héritage, indignes de prendre rang dans la petite armée européenne qui est la garde d'honneur de la civilisation.

Ce n'est pas à l'opinion du reste de l'univers que je m'adresse contre vous. C'est à vous-même, Hauptmann. Au nom de notre Europe, dont vous avez été jusqu'à cette heure un des plus illustres champions, — au nom de cette civilisation pour laquelle les plus grands des hommes luttent depuis des siècles, — au nom de l'honneur même de votre race germanique, Gerhart Hauptmann, je vous adjure, je vous somme, vous et l'élite intellectuelle allemande où je compte tant d'amis, de protester avec la dernière énergie contre ce crime qui rejaillit sur vous.

Si vous ne le faites point, vous montrez de deux choses l'une, — ou bien que vous l'approuvez (et alors que l'opinion du monde vous écrase !) — ou bien que vous êtes impuissants à élever la voix contre les Huns qui vous commandent. Et alors, de quel droit pouvez-vous encore prétendre, comme vous l'avez écrit, que vous combattez pour la cause de la liberté et du progrès ? Vous donnez au monde la preuve qu'incapables de défendre la liberté du monde, vous l'êtes même de défendre la vôtre, et que l'élite allemande est asservie au pire despotisme, à celui qui mutile les chefs-d'œuvre et assassine l'Esprit humain.

J'attends de vous une réponse, Hauptmann, une réponse qui soit un acte. L'opinion européenne l'attend, comme moi. Songez-y : en un pareil moment, le silence même est un acte.

Journal de Genève, mercredi 2 septembre 1914

II

PRO ARIS

Septembre 1914

Parmi tant de crimes de cette guerre infâme, qui nous sont tous odieux, pourquoi avons-nous choisi, pour protester contre eux, les crimes contre les choses et non contre les hommes, la destruction des œuvres et non pas celle des vies ? Plusieurs s'en sont étonnés, nous l'ont même reproché, — comme si nous n'avions pas autant de pitié qu'eux pour les corps et les cœurs des milliers de victimes qui sont crucifiées ! Mais de même qu'au-dessus des armées qui tombent plane la vision de leur amour, de la Patrie, à qui elles se sacrifient, — au-dessus de ces vies qui passent passe sur leurs épaules l'Arche sainte de l'art (et de la pensée des siècles. Les porteurs peuvent changer. Que l'Arche soit sauvée ! À l'élite du monde en incombe la garde. Et puisque le trésor commun est menacé, qu'elle se lève pour le protéger.

J'aime à voir que, d'ailleurs, ce n'est pas dans les pays latins que ce devoir sacré a pu jamais cesser d'être tenu pour le premier de tous. Notre France, qui saigne de tant d'autres blessures, n'a rien souffert de plus cruel que de l'attentat contre son Parthénon, la cathédrale de Reims, Notre-Dame de France. Les lettres que j'ai reçues de familles éprouvées, de soldats qui, depuis deux mois, supportent toutes les peines, me montrent (et j'en suis fier, pour eux et pour mon peuple) qu'aucun deuil ne leur fut plus lourd. — C'est que nous mettons l'esprit au-dessus de la chair. Bien différents en cela de ces intellectuels allemands qui, tous, à mes reproches pour les actes sacrilèges de leurs armées dévastatrices, m'ont répondu, d'une voix : « Périssent tous les chefs-d'œuvre, plutôt qu'un soldat allemand !... »

Une œuvre comme Reims est beaucoup plus qu'une vie : elle est un peuple, elle est ses siècles qui frémissent comme une symphonie dans cet orgue de pierre ; elle est ses souvenirs de joie, de gloire et de douleur, ses méditations, ses ironies, ses rêves ; elle est l'arbre de la race, dont les racines plongent au plus profond de sa terre et qui, d'un élan sublime, tend ses bras vers le ciel. Elle est bien plus encore : sa beauté qui domine les luttes des nations, est l'harmonieuse réponse faite par le genre humain à l'énigme du monde, — cette lumière de l'esprit, plus nécessaire aux âmes que celle du soleil.

Qui tue cette œuvre assassine plus qu'un homme, il assassine l'âme la plus pure d'une race. Son crime est inexpiable, et Dante l'eût puni d'une agonie éternelle de sa race, — éternellement renouvelée. Nous qui répudions l'esprit vindicatif de ce cruel génie, nous ne rendons pas un peuple responsable des actes de quelques-uns. Il nous suffit du drame qui se déroule sous nos yeux, et dont le dénouement presque infaillible doit être l'écroulement de l'hégémonie allemande. Ce qui le rend surtout poignant, c'est que pas un de ceux qui constituent l'élite intellectuelle et morale de l'Allemagne, — cette centaine de hauts esprits et ces milliers de braves cœurs, dont aucune grande nation ne fut jamais dépourvue, — pas un ne se doute vraiment des crimes de son gouvernement ; pas un, des atrocités commises en Wallonie, dans le Nord et dans l'Est français, pendant les deux ou trois premières semaines de la guerre ; pas un, (cela semble une gageure !) de la dévastation volontaire des villes de Belgique et de la ruine de Reims. S'ils venaient à envisager la réalité, je sais que beaucoup d'entre eux pleureraient de douleur et de honte ; et de tous les forfaits de l'impérialisme prussien, le pire, le plus vil, est d'avoir dissimulé ses forfaits à son peuple : car, en le privant des moyens de protester contre eux, il l'en a rendu solidaire pour des siècles ; il a abusé de son magnifique dévouement.

Certes, les intellectuels sont coupables, eux aussi. Car si l'on peut admettre que les braves gens qui, dans tous les pays, acceptent docilement les nouvelles que leur donnent en pâture leurs journaux et leurs chefs, se soient laissés duper, on ne le pardonna pas à ceux dont c'est le métier de chercher la vérité au milieu de l'erreur et de savoir ce que valent les témoignages de l'intérêt ou de la passion hallucinée ; leur devoir élémentaire (devoir de loyauté autant que de bon sens), avant de trancher dans ce débat affreux, dont l'enjeu était la destruction de peuples et de trésors de l'esprit, eût été de s'entourer des enquêtes des deux partis. Par loyalisme aveugle, par coupable confiance, ils se sont jeté tête baissée dans les filets que leur tendait leur impérialisme. Ils ont cru que le premier devoir pour eux était, les yeux fermés de défendre l'honneur de leur État contre toute accusation. Ils n'ont pas vu que le plus noble moyen de le défendre était de réprouver ses fautes et d'en laver leur patrie...

J'ai attendu des plus fiers esprits de l'Allemagne ce viril désaveu qui aurait pu la grandir, au lieu de l'humilier. La lettre que j'écrivis à l'un d'eux, au lendemain du jour où la voix brutale de l'Agence Wolff proclama pompeusement qu'il ne restait plus de Louvain qu'un monceau de cendres, — l'élite entière d'Allemagne l'a reçue en ennemie. Elle n'a pas compris que je lui offrais l'occasion de dégager l'Allemagne de l'étreinte des forfaits que commettait en son nom son Empire. Que lui demandais-je ? Que vous demandais-je à tous, artistes d'Allemagne ? — D'exprimer tout au moins un regret courageux des excès accomplis et d'oser rappeler à un pouvoir sans frein que la patrie elle-même ne peut se sauver par des crimes et qu'au-dessus de ses droits sont ceux de l'esprit humain. Je ne demandais qu'*une* voix, *une seule* qui fût libre... Aucune voix n'a parlé. Et je n'ai entendu que la clameur des troupeaux, les meutes d'intellectuels aboyant sur la piste où le chasseur les lance, cette insolente *Adresse* où, sans le moindre essai pour justifier ses crimes, vous avez, unanimement, déclaré qu'ils n'existaient point. Et vos théologiens, vos pasteurs, vos prédicateurs de cour, ont attesté de plus que vous étiez très justes et que vous bénissiez Dieu de vous avoir faits ainsi... Race de pharisiens ! Quel châtiment d'en haut flagellera votre orgueil sacrilège !... Ah ! Vous ne vous doutez pas du mal que vous aurez fait aux vôtres ! La mégalomanie, menaçante pour le monde, d'un Ostwald ou d'un H.-S. Chamberlain, l'entêtement criminel des quatre-vingt-treize intellectuels à ne pas vouloir voir la vérité, auront coûté plus cher à l'Allemagne que dix défaites.

Que vous êtes maladroits ! Je crois que de tous vos défauts, la maladresse est le pire. Vous n'avez pas dit un mot, depuis le commencement de cette guerre, qui n'ait été plus funeste pour vous que toutes les paroles de vos adversaires. Les pires accusations qu'on ait portées contre vous, c'est vous qui en avez fourni, de gaieté de cœur, la preuve ou l'argument. De même que ce sont vos Agences officielles qui, dans l'illusion stupide de nous terroriser, ont lancé, les premières, les récits emphatiques de vos plus sinistres dévastations, — c'est vous qui, lorsque les plus impartiaux de vos adversaires s'efforçaient, par justice, de limiter à quelques-uns de vos chefs et de vos armées la responsabilité de ces actes, en avez rageusement réclamé votre part. C'est vous qui, au lendemain de cette ruine de Reims, qui, dans le fond du cœur, devait aussi consterner les meilleurs d'entre vous, au lieu de vous excuser, vous en êtes, par orgueil imbécile, vantés. C'est vous, malheureux, vous, représentants de l'esprit, qui n'avez point cessé de célébrer la force et de mépriser les faibles, comme si vous ne saviez pas que la roue de la fortune tourne, que cette force un jour pèsera de nouveau sur vous, ainsi qu'aux siècles passés, où du moins vos grands hommes conservaient la ressource de n'avoir pas abdiqué devait elle la souveraineté de l'esprit et les droits sacrés du droit !... Quels reproches, quels remords vous vous préparez pour l'avenir, ô conducteurs hallucinés, qui menez vers le fossé votre nation qui vous suit, ainsi que les aveugles trébuchants de Brueghel !

Les tristes arguments que vous nous avez opposés, depuis deux mois !

1° *La guerre est la guerre*, dites-vous, c'est-à-dire sans mesure commune avec le reste des choses, au-delà de la morale, de la raison, de toutes les limites de la vie ordinaire, une sorte d'état surnaturel, devant quoi il ne reste qu'à s'incliner sans discuter.

2° L'Allemagne est l'Allemagne, c'est-à-dire sans mesure commune avec le reste des peuples ; les lois qui s'appliquent aux autres ne s'appliquent pas à elle, et les droits qu'elle s'arroge de violer le droit n'appartiennent qu'à elle. C'est ainsi qu'elle peut, sans crime, déchirer ses promesses écrites, trahir ses serments donnés, violer la neutralité des peuples qu'elle a juré de défendre. Mais elle prétend, en retour, trouver dans les peuples qu'elle outrage « de chevaleresques adversaires » ; et que cela ne soit pas et qu'ils osent se défendre, par tous les moyens et les armes qui leur restent, elle le proclame un crime !...

On reconnaît bien là les enseignements intéressés de vos maîtres prussiens ! Artistes d'Allemagne, je ne mets pas en doute votre sincérité ; mais vous n'êtes plus capables de voir la vérité ; l'impérialisme de Prusse vous a enfoncé sur les yeux et jusque sur la conscience, son casque à pointe.

« *Nécessité ne connaît pas de loi.* »... Voici l'Onzième Commandement, le message que vous apportez aujourd'hui à l'univers, fils de Kant !... Nous l'avons entendu plus d'une fois, dans l'histoire : c'est la fameuse doctrine du Salut Public, mère des héroïsmes et des crimes. Chaque peuple y a recours, à l'heure du danger ; mais les plus grands sont ceux qui défendent contre elle leur âme immortelle. Il y a quelque quinze ans, lors de ce fameux procès où l'on vit opposé un seul homme innocent à la force de l'État, nous l'avons, nous Français, affrontée et brisée, l'idole du Salut Public, quand elle menaçait, comme disait notre Péguy, « le salut éternel de la France ».

Écoutez-le, celui que vous venez de tuer, écoutez un héros de la conscience française, écrivains qui avez la garde de la conscience de l'Allemagne !

« *Nos adversaires d'alors, écrit Charles Péguy, parlaient le langage de la raison d'État, du salut temporel du peuple et de la race. Et nous, par un mouvement chrétien profond, par une poussée révolutionnaire et ensemble traditionnelle de christianisme, nous n'allions pas à moins qu'à nous élever à la passion, au souci du salut éternel de ce peuple. Nous ne voulions pas que la France fût constituée en état de péché mortel.* »

Ce n'est pas votre souci, penseurs de l'Allemagne. Vous donnez votre sang bravement, pour sauver sa vie mortelle. Mais de sa vie éternelle vous ne vous inquiétez pas... Certes, l'heure est terrible. Votre patrie, comme la nôtre, lutte pour l'existence ; et je comprends et j'admire l'ivresse de sacrifice qui pousse votre jeunesse, comme la nôtre, à lui faire un rempart de son corps contre la mort. « Être ou ne pas être... », Dites-vous ? — Non, ce n'est pas assez ! Être la grande Allemagne, être la grande France, dignes de leur passé, et sachant se respecter soi-même et l'une l'autre, même en se combattant : voilà ce que je veux. Je rougirais de la victoire, si ma France l'achetait au prix dont vous payez vos succès sans lendemain. En même temps que les batailles sur les plaines de Belgique et les coteaux crayeux de Champagne se livrent, une autre guerre a lieu dans les champs de l'esprit ; et parfois une victoire d'en bas est une défaite, en haut. La conquête de la Belgique, Malines, Louvain et Reims, les carillons de Flandre, sonneront dans votre histoire un plus lugubre glas que les cloches d'Iéna ; et les Belges vaincus vous ont ravi la gloire. Vous le savez. Votre fureur vient de ce que vous le savez. À quoi bon essayer vainement de vous tromper ? La vérité finira par se faire jour en vous. Vous avez beau l'étouffer. Un jour, elle parlera. Elle parlera par vous, par la bouche d'un des vôtres, en qui se sera réveillée la conscience de votre race... Ah ! Qu'il paraisse enfin, qu'on l'entende, le génie libérateur et pur, qui vous rachète ! Celui qui a vécu dans l'intimité de votre vieille Allemagne, qui l'a tenue par la main dans les ruelles tortueuses de son passé héroïque et sordide, qui a respiré ses siècles d'épreuves et de hontes, se souvient et attend : car il sait que si jamais elle ne fut assez forte pour supporter la Victoire sans trébucher, c'est à ses pires heures qu'elle se régénère ; et ses plus hauts génies sont fils de la douleur.

Septembre 1914

Depuis que ces lignes furent écrites, j'ai vu naître l'inquiétude, qui peu à peu chemine dans les consciences des braves gens d'Allemagne. D'abord, un doute secret, refoulé par l'effort têtu pour croire aux mauvaises raisons, ramassées dans le ruisseau par leur gouvernement — documents fabriqués pour prouver que la Belgique avait renoncé elle-même à sa neutralité, fausses allégations — (en vain démenties, quatre fois, par le gouvernement français, par le généralissime, par l'archiprêtre et l'archevêque, par le maire de Reims) — accusant les Français d'avoir usé de la cathédrale de Reims pour un objet militaire. À défaut d'arguments, leur système de défense est parfois d'une naïveté déconcertante :

« Est-il possible, disent-ils, qu'on accuse d'avoir voulu détruire des monuments artistiques le peuple le plus respectueux de l'art, celui auquel on inculque ce respect dès l'enfance, celui qui a le plus de manuels et de collections d'histoire de l'art, le plus de cours d'esthétique ? Est-il possible qu'on accuse des actes les plus barbares le peuple le plus humain, le plus affectueux, le plus familial ! »

Il ne leur vient pas à l'idée que l'Allemagne n'est pas faite d'une seule race d'hommes et qu'à côté de la masse docile, qui est née pour obéir, pour respecter la loi, toutes les lois, il y a la race qui commande, qui se croit au-dessus des lois, qui les fait et défait, parce qu'elle se dit la force et la nécessité — C'est ce mauvais mariage de l'idéalisme et de la force allemande qui mène à ces désastres. L'idéalisme est femme, femme éprise, qui, comme tant de ces braves épouses allemandes, est en adoration devant son seigneur et maître, et se refuse à supposer même qu'il puisse avoir jamais tort.

Il faudra bien pourtant, pour le salut de l'Allemagne, qu'elle en arrive un jour à la pensée du divorce, ou que la femme ait le courage de faire entendre sa voix dans le ménage. Je sais déjà quelques esprits qui commencent à réclamer les droits de l'esprit contre la force. Dans ces derniers temps, maintes voix d'Allemagne sont venues jusqu'à nous, par lettres, protestant contre la guerre et déplorant avec nous les mêmes injustices. (Je ne les nommerai point, pour ne pas les compromettre.) — Il n'y a pas très longtemps, je disais à la Foire sur la Place qui encombrait Paris, qu'elle n'était pas la France, Je le dis aujourd'hui à la Foire allemande : « Vous n'êtes pas la vraie Allemagne. » Il en existe une autre, plus juste et plus humaine, dont l'ambition n'est pas de dominer le monde par la force et la ruse, mais d'absorber pacifiquement tout ce qu'il y a de grand dans les pensées des autres races et d'en rayonner en retour l'harmonie. Celle-là n'est pas en cause. Nous ne sommes pas ses ennemis. Nous sommes les ennemis de ceux qui ont presque réussi à faire oublier au monde qu'elle vivait encore.

III

AU-DESSUS DE LA MÊLÉE

Ô jeunesse héroïque du monde ! Avec quelle Joie prodigue elle verse son sang dans la terre affamée ! Quelles moissons de sacrifices fauchées sous le soleil de ce splendide été !... Vous tous, jeunes hommes de toutes les nations, qu'un commun idéal met tragiquement aux prises, jeunes frères ennemis — Slaves qui courez à l'aide de votre race, Anglais qui combattez pour l'honneur et le droit, peuple belge intrépide, qui osas tenir tête au colosse germanique et défendis contre lui les Thermopyles de l'Occident, Allemands qui luttez pour défendre la pensée et la ville de Kant contre le torrent des cavaliers cosaques, et vous surtout, mes jeunes compagnons français, qui depuis des années me confiez vos rêves et qui m'avez envoyé, en partant pour le feu, vos sublimes adieux, vous en qui refleurit la lignée des héros de la Révolution — comme vous m'êtes chers, vous qui allez mourir ![1] Comme vous nous vengez des années de scepticisme, de veulerie jouisseuse où nous avons grandi, protégeant de leurs miasmes notre foi, votre foi, qui triomphe avec vous sur les champs debataille ! Guerre « de revanche », a-t-on dit... De revanche, en effet, mais non comme l'entend un chauvinisme étroit ; revanche de la foi contre tous les égoïsmes des sens et de l'esprit, don absolu de soi aux idées éternelles....

« Qu'est-ce que nos individus, nos œuvres, devant l'immensité du but ? m'écrit un des plus puissants romanciers de la jeune France, — le caporal — La guerre de la Révolution contre le féodalisme se rouvre. Les armées de la République vont assurer le triomphe de la démocratie en Europe et parfaire l'œuvre de la Convention. C'est plus que la guerre inexpiable au foyer, c'est le réveil de la liberté... »

« Ah ! mon ami, m'écrit un autre de ces jeunes gens, haut esprit, âme pure, et qui sera, s'il vit, le premier critique d'art de notre temps, — le lieutenant . — Quelle race admirable ! Si vous voyiez, comme moi, notre armée, vous seriez enflammé d'admiration pour ce peuple. C'est un élan de Marseillaise, un élan héroïque, grave, un peu religieux. J'ai vu partir les trois régiments de mon corps : les premiers, les hommes de l'active, les jeunes gens de vingt ans, d'un pas ferme et rapide, sans un cri, sans un geste, avec l'air décidé et pâle d'éphèbes qui vont au sacrifice. Puis, la réserve, les hommes de vingt-cinq à trente ans, plus mâles et plus déterminés, qui viennent soutenir les premiers, feront l'élan irrésistible. Nous, nous sommes les vieillards, les hommes de quarante ans, les pères de famille qui donnent la basse du chœur. Nous partons, nous aussi, confiants, résolus et bien fermes, je vous assure. Je n'ai pas envie de mourir, mais je mourrai sans regret maintenant ; j'ai vécu quinze jours qui en valent la peine, quinze jours que je n'osais plus me promettre du destin. On parlera de nous dans l'histoire. Nous aurons ouvert une ère dans le monde. Nous aurons dissipé le cauchemar du matérialisme de l'Allemagne casquée et de la paix armée. Tout cela aura croulé devant nous comme un fantôme. Il me semble que le monde respire. Rassurez votre Viennois, cher ami : la France n'est pas près de finir. Nous voyons sa résurrection. Toujours la même : Bouvines, croisades, cathédrales, Révolution, toujours les chevaliers du monde, les paladins de Dieu. J'ai assez vécu pour voir cela ! Nous qui le disions depuis vingt ans, quand personne ne voulait nous croire, nous avons lieu d'être contents... »

Ô mes amis, que rien ne trouble donc votre joie ! Quel que soit le destin, vous vous êtes haussés aux cimes de la vie, et vous y avez porté avec vous votre patrie. Vous vaincrez, je le sais. Votre abnégation, votre intrépidité, votre foi absolue en votre cause sacrée, la certitude inébranlable qu'en défendant votre terre envahie vous défendez les libertés du monde, m'assurent de votre victoire, jeunes armées de Marne-et-Meuse, dont le nom est gravé désormais dans l'histoire, à côté de vos aînées de la Grande République. Mais quand bien même le malheur eût voulu que vous fussiez vaincus, et la France avec vous, une telle mort eût été la plus belle que pût rêver une race. Elle eût couronné la vie du grand peuple des croisades. Elle eût été sa suprême victoire... Vainqueurs ou vaincus, vivants ou morts, soyez heureux ! Comme me l'a dit l'un de vous, « en m'embrassant étroitement, sur le terrible seuil » :

« Il est beau de se battre, les mains pures et le cœur innocent, et de faire avec sa vie la justice divine. »

Vous faites votre devoir. Mais d'autres, l'ont-ils fait ?

Osons dire la vérité aux aînés de ces jeunes gens, à leurs guides moraux, aux maîtres de l'opinion, à leurs chefs religieux où laïques, aux Églises, aux penseurs, aux tribuns socialistes.

Quoi ! Vous aviez, dans les mains, de telles richesses vivantes, ces trésors d'héroïsme ! À quoi les dépensez-vous ? Cette jeunesse avide de se sacrifier, quel but avez-vous offert à son dévouement magnanime ? L'égorgement mutuel de ces jeunes héros ! La guerre européenne, cette mêlée sacrilège, qui offre le spectacle d'une Europe démente, montant sur le bûcher et se déchirant de ses mains, comme Hercule !

Ainsi, les trois plus grands peuples d'Occident, les gardiens de la civilisation, s'acharnent à leur ruine, et appellent à la rescousse les Cosaques, les Turcs, les Japonais, les Cinghalais, les Soudanais, les Sénégalais, les Marocains, les Égyptiens, les Sikhs et les Cipayes, les barbares du pôle et ceux de l'équateur, le âmes et les peaux de toutes les couleurs ! On dirait l'empire romain au temps de la Tétrarchie, faisant appel, pour s'entredévorer, aux hordes de tout l'univers !... Notre civilisation est-elle donc si solide que vous ne craigniez pas d'ébranler ses piliers ? Est-ce que vous ne voyez pas que si une seule colonne est ruinée, tout s'écroule sur vous ? Était-il impossible d'arriver, entre vous, sinon à vous aimer, du moins à supporter, chacun, les grandes vertus et les grands vices de l'autre ? Et n'auriez-vous pas dû vous appliquer à résoudre dans un esprit de paix (vous ne l'avez même pas, sincèrement, tenté), les questions qui vous divisaient, — celle des peuples annexés contre leur volonté, — et la répartition équitable entre vous du travail fécond et des richesses du monde ? Faut-il que le plus fort rêve perpétuellement de faire peser sur les autres son ombre orgueilleuse, et que les autres perpétuellement s'unissent pour l'abattre ? À ce jeu puéril et sanglant, où les partenaires changent de place tous les siècles, n'y aura-t-il jamais de fin, jusqu'à l'épuisement total de l'humanité ?

Ces guerres, je le sais, les chefs d'États qui en sont les auteurs criminels n'osent en accepter la responsabilité ; chacun s'efforce sournoisement d'en rejeter la charge sur l'adversaire. Et les peuples qui suivent, dociles, se résignent en disant qu'une puissance plus grande que les hommes a tout conduit. On entend, une fois de plus, le refrain séculaire : « Fatalité de la guerre, plus forte que toute volonté », — le vieux refrain des troupeaux, qui font de leur faiblesse un dieu, et qui l'adorent. Les hommes ont inventé le destin, afin de lui attribuer les désordres de l'univers, qu'ils ont pour devoir de gouverner. Point de fatalité ! La fatalité, c'est ce que nous voulons. Et c'est aussi, plus souvent, ce que nous ne voulons pas assez. Qu'en ce moment, chacun de nous fasse son *mea culpa* ! Cette élite intellectuelle, ces Églises, ces partis ouvriers, n'ont pas voulu la guerre... Soit !... Qu'ont-ils fait pour l'empêcher ? Que font-ils pour l'atténuer ? Ils attisent l'incendie. Chacun y porte son fagot.

Le trait le plus frappant de cette monstrueuse épopée, le fait sans précédent est, dans chacune des nations en guerre, l'unanimité pour la guerre. C'est comme une contagion de fureur meurtrière qui, venue de Tokio il y a dix années, ainsi qu'une grande vague, se propage et parcourt tout le corps de la terre. À cette épidémie, pas un n'a résisté. Plus une pensée libre qui ait réussi à se tenir hors d'atteinte du fléau. Il semble que sur cette mêlée des peuples, où, quelle qu'en soit l'issue, l'Europe sera mutilée, plane une sorte d'ironie démoniaque. Ce ne sont pas seulement les passions de races, qui lancent aveuglement les millions d'hommes les uns contre les autres, comme des fourmilières, et dont les pays neutres eux-mêmes ressentent le dangereux frisson ; c'est la raison, la foi, la poésie, la science, toutes les forces de l'esprit qui sont enrégimentées, et se mettent, dans chaque État, à la suite des armées. Dans l'élite de chaque pays, pas un qui ne proclame et ne soit convaincu que la cause de son peuple est la cause de Dieu, la cause de la liberté et du progrès humains. Et je le proclame aussi...

Des combats singuliers se livrent entre les métaphysiciens, les poètes, les historiens. Eucken contre Bergson, Hauptmann contre Maeterlinck, Rolland contre Hauptmann, Wells contre Bernard Shaw. Kipling et d'Annunzio, Dehmel et de Régnier chantent des hymnes de guerre. Barrés et Maeterlinck entonnent des péans de haine. Entre une fugue de Bach et l'orgue bruissant : *Deutchland über Alles !* Le vieux philosophe

Wundt, âgé de quatre-vingt- deux ans, appelle de sa voix cassée les étudiants de Leipzig à la « guerre sacrée ». Et tous, les uns aux autres, se lancent le nom de « barbares ». L'Académie des sciences morales de Paris déclare, par la voix de son président, Bergson, que « *la lutte engagée contre l'Allemagne est la lutte même de la civilisation contre la barbarie* ». L'histoire allemande, par la bouche de Karl Lamprecht, répond que « *la guerre est engagée entre le germanisme et la barbarie, et que les combats présents sont la suite logique de ceux que l'Allemagne a livrés, au cours des siècles, contre les Huns et contre les Turcs.* » La science, après l'histoire, descendant dans la lice, proclame, avec E. Perrier, directeur du Muséum, membre de l'Académie des Sciences, que les Prussiens n'appartiennent pas à la race aryenne, qu'ils descendent en droite ligne des hommes de l'âge de pierre appelés Allophyles, et que « *le crâne moderne dont la base, reflet de la vigueur des appétits, rappelle le mieux le crâne de l'homme fossile de la Chapelle-aux-Saints, est celui du prince de Bismarck.* »

Mais les deux puissances morales, dont cette guerre contagieuse a le plus révélé la faiblesse, c'est le christianisme, et c'est le socialisme. Ces apôtres rivaux de l'internationalisme religieux ou laïque se sont montrés soudain les plus ardents nationalistes. Hervé demande à mourir pour le drapeau d'Austerlitz. Les purs dépositaires de la pure doctrine, les socialistes allemands, appuient au Reichstag les crédits pour la guerre, se mettent aux ordres du ministère prussien, qui se sert de leurs journaux pour répandre ses mensonges jusque dans les casernes, et qui les expédie, comme des agents secrets, pour tâcher de débaucher le peuple italien. On a cru, un moment, pour l'honneur de leur cause, que deux ou trois d'entre eux s'étaient fait fusiller, en refusant de porter les armes contre leurs frères. Ils protestent, indignés : tous marchent, l'arme au bras. Non, Liebknecht n'est pas mort pour la cause socialiste. C'est le député Frank, le principal champion de l'union franco-allemande, qui est tombé sous les balles françaises, pour la cause du militarisme. Car ces hommes, qui n'ont pas le courage de mourir pour leur foi, ont celui de mourir pour la foi des autres.

Quant aux représentants du Prince de la Paix, prêtres, pasteurs, évêques, c'est par milliers qu'ils vont dans la mêlée pratiquer, le fusil au poing, la parole divine : *Tu ne tueras point*, et : *Aimez-vous les uns les autres*. Chaque bulletin de victoire des armées allemandes, autrichiennes ou russes, remercie le maréchal Dieu, — *unser alter Gott, notre* Dieu, — comme dit Guillaume II, ou M. Arthur Meyer. Car chacun a le sien. Et chacun de ces Dieux, vieux ou jeune, a ses lévites pour le défendre et briser le Dieu des autres.

Vingt mille prêtres français marchent sous les drapeaux. Les jésuites offrent leurs services aux armées allemandes. Des cardinaux lancent des mandements guerriers. On voit les évêques serbes de Hongrie engager leurs fidèles à combattre leurs frères de la Grande Serbie. Et les journaux enregistrent, sans paraître s'étonner, la scène paradoxale des socialistes italiens, à la gare de Pise, acclamant les séminaristes qui rejoignent leurs régiments, et tous ensemble chantant la *Marseillaise*. — Tant est fort le cyclone qui les emporte tous ! Tant sont faibles les hommes qu'il rencontre sur sa route, — et moi, comme les autres...

Allons, ressaisissons-nous ! Quelle que soit la nature et la virulence de la contagion — épidémie morale, forces cosmiques — ne peut-on résister ? On combat une peste, on lutte même pour parer aux désastres d'un tremblement de terre. Ou bien, nous inclinerons-nous, satisfaits, devant eux, comme l'honorable Luigi Luzzatti, en son fameux article : *Dans le désastre universel, les patries triomphent* ? Dirons-nous avec lui que, pour comprendre « cette vérité grande et simple », l'amour de la patrie, il est bon, il est sain que « se déchaîne le démon des guerres internationales, qui fauchent des milliers d'êtres » ? Ainsi, l'amour de la patrie ne pourrait fleurir que dans la haine des autres patries et le massacre de ceux qui se livrent à leur défense? Il y a dans cette proposition une féroce absurdité et je ne sais quel dilettantisme néronien, qui me répugnent, qui me répugnent, jusqu'au fond de mon être. Non, l'amour de ma patrie ne veut pas que je haïsse et que je tue les âmes pieuses et fidèles qui aiment les autres patries. Il veut que je les honore et que je cherche à m'unir à elles pour notre bien commun.

Vous, chrétiens, pour vous consoler de trahir les ordres de votre Maître, vous dites que la guerre exalte les vertus de sacrifice. Et il est vrai qu'elle a le privilège de faire surgir des cœurs les plus médiocres le génie de la race. Elle brûle dans son bain de feu les scories, les souillures ; elle trempe le métal des âmes ; d'un paysan avare, d'un bourgeois timoré, elle peut faire demain un héros de Valmy. Mais n'y a-t-il pas de meilleur emploi au dévouement d'un peuple que la ruine des autres peuples ? Et ne peut-on se sacrifier, chrétiens, qu'en sacrifiant son prochain avec soi ? Je sais bien, pauvres gens, que beaucoup d'entre vous offrent plus volontiers leur sang qu'ils ne versent celui des autres... Mais quelle faiblesse, au fond ! Avouez-donc que vous qui ne tremblez pas devant les balles et les shrapnells, vous tremblez devant l'opinion soumise à l'idole sanglante, plus haute que le tabernacle de Jésus : l'orgueil de race jaloux ! Chrétiens d'aujourd'hui, vous n'eussiez pas été capables de refuser le sacrifice aux dieux de la Rome impériale. Votre pape, Pie X, est mort de douleur, dit-on, de voir éclater cette guerre. Il s'agissait bien de mourir ! Le Jupiter du Vatican, qui prodigua sa foudre contre les prêtres inoffensifs que tentait la noble chimère du modernisme, qu'a-t-il fait contre ces princes, contre ces chefs criminels, dont l'ambition sans mesure a déchaîné sur le monde la misère et la mort ! Que Dieu inspire au nouveau pontife, qui vient de monter sur le trône de Saint-Pierre, les paroles et les actes qui lavent l'Eglise de ce silence !

Quant à vous, socialistes, qui prétendez, chacun, défendre la liberté contre la tyrannie — Français contre le Kaiser, — Allemands contre le Tsar, — s'agit-il de défendre un despotisme contre un autre despotisme ? Combattez-les tous deux et mettez-vous ensemble !

Entre nos peuples d'Occident, il n'y avait aucune raison de guerre. En dépit de ce que répète une presse envenimée par une minorité qui a son intérêt à entretenir ces haines, frères de France, frères d'Angleterre, frères d'Allemagne, nous ne nous haïssons pas. Je vous connais, je nous connais. Nos peuples ne demandaient que la paix et que la liberté. Le tragique du combat, pour qui serait placé au centre de la mêlée et qui pourrait plonger son regard, des hauts plateaux de Suisse, dans tous les camps ennemis, c'est que chacun des peuples est vraiment menacé dans ses biens les plus chers, dans son indépendance, son honneur et sa vie. Mais qui a lancé sur eux ces fléaux ? Qui les a acculés à cette nécessité désespérée, d'écraser l'adversaire ou de mourir ? Qui, sinon leurs États, et d'abord (à mon sens), les trois grands coupables, les trois aigles rapaces, les trois Empires, la tortueuse politique de la maison d'Autriche, le tsarisme dévorant, et la Prusse brutale ! Le pire ennemi n'est pas au dehors des frontières, il est dans chaque nation ; et aucune nation n'a le courage de le combattre. C'est ce monstre à cent têtes, qui se nomme l'impérialisme, cette volonté d'orgueil et de domination, qui veut tout absorber, ou soumettre, ou briser, qui ne tolère point de grandeur libre, hors d'elle. Le plus dangereux pour nous, hommes de l'Occident, celui dont la menace levée sur la tête de l'Europe l'a forcée à s'unir en armes contre lui, est cet impérialisme prussien, qui est l'expression d'une caste militaire et féodale, fléau non pas seulement pour le reste du monde, mais pour l'Allemagne même dont il a savamment empoisonné la pensée. C'est lui qu'il faut détruire d'abord. Mais il n'est pas le seul. Le tsarisme aura son tour. Chaque peuple a, plus ou moins, son impérialisme ; quelle qu'en soit la forme, militaire, financier, féodal, républicain, social, intellectuel, il est la pieuvre qui suce le meilleur sang de l'Europe. Contre lui, reprenons, hommes libres de tous les pays, dès que la guerre sera finie, la devise de Voltaire !

Dès que la guerre sera finie. Car maintenant, le mal est fait. Le torrent est lâché. Nous ne pouvons, à nous seuls, le faire rentrer dans son lit. D'ailleurs de trop grands crimes déjà ont été commis, des crimes contre le droit, des attentats à la liberté des peuples et aux trésors sacrés de la pensée. Ils doivent être réparés. Ils seront réparés. L'Europe ne peut passer l'éponge sur les violences faites au noble peuple belge, sur la dévastation de Malines et de Louvain, saccagées par les nouveaux Tilly... Mais, au nom du ciel, que ces forfaits ne soient mots affreux. Un grand peuple ne se venge pas ; il rétablit le droit. Que ceux qui ont en mains la cause de la justice se montrent dignes d'elle, jusqu'au bout ! C'est notre tâche, à nous, de le leur rappeler. Car nous n'assisterons pas, inertes, à la bourrasque, attendant que sa violence se soit d'elle-même épuisée. Non, ce sera indigne. L'ouvrage ne nous manque pas.

Notre premier devoir est, dans le monde entier, de provoquer la formation d'une Haute Cour morale, d'un tribunal des consciences, qui veille et qui prononce sur toutes les violations faites au droit des gens, d'où qu'elles viennent, sans distinction de camp. Et comme les comités d'enquêtes institués par les parties belligérantes seraient toujours suspects, il faut que les pays neutres de l'Ancien et du Nouveau Monde en prennent l'initiative, — ainsi que, tout récemment, un professeur à la Faculté de Médecine de Paris, M. Prenant, en suggérait l'idée, reprise vigoureusement par mon ami Paul Seippel, dans le Journal de Genève : « Ils fourniraient des hommes d'une autorité mondiale et d'une moralité civique éprouvée, qui fonctionneraient en qualité de commissaires enquêteurs. Ces commissaires pourraient suivre à quelque distance les armées... Une telle organisation compléterait et concréterait le tribunal de La Haye et lui préparerait les documents indiscutables pour l'œuvre de justice nécessaire... »

Les pays neutres jouent un rôle trop effacé. Ils ont une tendance à croire que contre la force déchaînée l'opinion est d'avance vaincue. Et ce découragement est partagé par la plupart des pensées libres de toutes les nations. C'est là un manque de courage et de lucidité. Le pouvoir de l'opinion est immense à présent. Il n'est pas un gouvernement, si despotique soit-il et marchant appuyé sur la victoire, qui ne tremble aujourd'hui devant l'opinion publique et ne cherche à la courtiser. Rien ne l'a mieux montré que les efforts des deux partis aux prises, ministres, chanceliers, souverains, — et le Kaiser lui-même, se faisant journaliste — pour justifier leurs crimes et dénoncer ceux de l'adversaire au tribunal invisible du genre humain. Ce tribunal, qu'on le voie, à la fin ! Osez le constituer. Vous ne connaissez pas votre pouvoir moral, ô hommes de peu de foi !... Et quand il y aurait un risque, ne pouvez-vous le courir, pour l'honneur de l'humanité ? Quel prix aurait la vie, si vous perdiez, pour la sauver, toute fierté de vivre !...

Et propter vitam, vivendi perdere causas…

Mais nous avons une autre tâche, nous tous, artistes et écrivains, prêtres et penseurs, de toutes les patries. Même la guerre déchaînée, c'est un crime pour l'élite d'y compromettre l'intégrité de sa pensée. Il est honteux de la voir servir les passions d'une puérile et monstrueuse politique de races, qui, scientifiquement absurde (nul pays ne possédant une race vraiment pure), ne peut, comme l'a dit Renan, dans sa belle lettre à Strauss, *« mener qu'à des guerres zoologiques, des guerres d'extermination, analogues à celles que les diverses espèces de rongeurs ou de carnassiers se livrent pour la vie. Ce serait la fin de ce mélange fécond, composé d'éléments nombreux et tous nécessaires, qui s'appelle l'humanité »*. L'humanité est une symphonie de grandes âmes collectives. Qui n'est capable de la comprendre et de l'aimer qu'en détruisant une partie de ses éléments, montre qu'il est un barbare et qu'il se fait de l'harmonie l'idée que se faisait cet autre de l'ordre à Varsovie.

Élite européenne, nous avons deux cités : notre patrie terrestre, et l'autre, la cité de Dieu. De l'une, nous sommes les hôtes ; de l'autre, les bâtisseurs. Donnons à la première nos corps et nos cœurs fidèles. Mais rien de ce que nous ornons, famille, amis, patrie, rien n'a droit sur l'esprit. L'esprit est la lumière. Le devoir est de l'élever au-dessus des tempêtes et d'écarter les nuages qui cherchent à l'obscurcir. Le devoir est de construire, et plus large et plus haute, dominant l'injustice et les haines des nations, l'enceinte de la ville où doivent s'assembler les âmes fraternelles et libres du monde entier.

Je vois autour de moi frémir la Suisse amie. Son cœur est partagé entre des sympathies de races différentes ; elle gémit de ne pouvoir librement choisir entre elles, ni même les exprimer. Je comprends son tourment ; mais il est bienfaisant ; et j'espère que de là elle saura s'élever à la joie supérieure d'une harmonie de races, qui soit un haut exemple pour le reste de l'Europe. Il faut que dans la tempête elle se dresse comme une île de justice et de paix, où, tels les grands couvents du premier moyen-âge, l'esprit trouve un asile contre la force effrénée, et où viennent aborder les nageurs fatigués de toutes les nations, tous ceux que lasse la haine et qui, malgré les crimes qu'ils ont vus et subis, persistent à aimer tous les hommes comme leurs frères.

Je sais que de telles pensées ont peu de chances d'être écoutées, aujourd'hui. La jeune Europe, que brûle la fièvre du combat, sourira de dédain, en montrant ses dents de jeune loup. Mais quand l'accès de fièvre sera tombé, elle se retrouvera meurtrie et moins fière, peut-être, de son héroïsme carnassier.

D'ailleurs, je ne parle pas, afin de la convaincre. Je parle pour soulager ma conscience... Et je sais qu'en même temps je soulagerai celles de milliers d'autres qui, dans tous les pays, ne peuvent ou n'osent parler.

Journal de Genève, 15 septembre 1914

V

DE DEUX MAUX, LE MOINDRE :
PANGERMANISME, PANSLAVISME ?

Je ne suis pas de ceux qui, suivant l'avis d'un saint roi, jugent qu'avec un hérétique (et à l'heure présente, est nommé hérétique, qui ne pense pas comme vous) il ne faut pas discuter : casser la tête, suffit. J'ai besoin de comprendre les raisons de mon adversaire. Il me déplaît de croire à la mauvaise foi. Je le crois passionné, comme moi, et sincère, comme moi. Pourquoi ne ferions-nous pas effort pour nous comprendre ? Cela ne supprimera pas le combat entre nous ; mais cela supprimera peut-être la haine. Et elle est mon ennemie, plus que mes ennemis.

Quoi que je pense de la valeur inégale des causes qui sont aux prises, la lecture, depuis deux mois, des journaux et des lettres qui nous arrivent à Genève de tous les pays, m'a amené à cette conviction que l'ardeur de la foi patriotique est partout à peu près la même et que chacun des peuples qui prend part à cette Iliade croit combattre pour la liberté du monde contre la barbarie. Mais liberté et barbarie n'ont pas le même sens, ici et là.

Le pire ennemi de la liberté, le despotisme barbare, pour nous, Français, Anglais, hommes de l'Occident, c'est l'impérialisme prussien ; et j'ose dire que ses états de service sont largement écrits sur la route dévastée de Liège à Senlis, par Louvain, Malines et Reims. Pour l'Allemagne, « le monstre »*Ungeheuer* (comme dit le vieux Wundt) qui menace la civilisation, c'est la Russie ; et le grief le plus âpre que les Allemands expriment contre la France est de s'être faite l'alliée de l'empire des tsars. Que de lettres j'ai reçues, qui nous le reprochaient ! Je lisais hier encore, dans une revue de Munich, *Das Forum*, un appel de Wilhelm Herzog, me sommant de m'expliquer au sujet de la Russie. — Eh bien, parlons-en donc ! Rien ne me convient mieux. Car cela nous permettra de peser, une fois, le danger russe et le danger allemand et de montrer qui des deux nous semble le plus menaçant.

Des faits de la guerre présente entre Allemagne et Russie, je ne parlerai pas. Tout ce que nous en savons provient de sources allemandes ou russes également suspectes. Si l'on devait y croire, la férocité serait la même dans un camp et dans l'autre. Les Allemands à Kalisch sont dignes de donner la main aux cosaques de Grodtken et de Zorothowo. — C'est de l'esprit de la Russie et de l'esprit de l'Allemagne que je parlerai ici, car il est l'essentiel, et nous le connaissons mieux.

Mes amis allemands, (car ceux de vous qui furent mes amis le restent, malgré les sommations que les fanatiques des deux partis nous adressent de rompre nos liens), vous savez combien j'aime votre vieille Allemagne et tout ce que je lui dois. Je suis fils de Beethoven, de Leibnitz et de Goethe, au moins autant que vous. Mais à votre Allemagne d'aujourd'hui, dites-moi, que dois-je, que devons-nous, en Europe ? Quel art avez-vous bâti, depuis les monuments de Wagner, qui marquent la fin d'une époque et sont déjà du passé ? Quelle pensée neuve et forte, depuis la mort de Nietzsche, dont la géniale folie a par malheur laissé son empreinte sur vous, mais ne nous a pas marqués ? Où avons-nous cherché, depuis plus de quarante ans, notre nourriture d'esprit et notre pain de vie, lorsque notre grasse terre ne suffisait pas à satisfaire notre faim ? Qui ont été nos guides, sinon les écrivains russes ? Qui pouvez-vous opposer, Allemands, à ces colosses de génie poétique et de grandeur morale, Tolstoï, Dostoïevski ? Ce sont eux qui m'ont fait mon âme ; en défendant la race qui fut leur source, c'est ma dette que j'acquitte envers eux, envers elle. Le mépris que j'éprouve pour l'impérialisme prussien, — si je ne l'avais puisé dans mon cœur de Latin, — je l'eusse puisé en eux : il y a vingt ans que Tolstoï l'exprima contre votre Kaiser. En musique, l'Allemagne, si fière de sa gloire ancienne, n'a que des épigones de Wagner, des virtuoses exaspérés de l'orchestre, comme Richard Strauss, mais pas une seule œuvre sobre et virile, de la trempe de Boris Godunov ; pas un chemin nouveau n'a été ouvert par les maîtres allemands.il y a plus d'avenir, plus d'originalité vraie dans une page de Moussorgsky ou de Strawinsky que dans toutes les partitions de Mahler, de Reger... Dans nos universités, dans nos hôpitaux, dans nos Instituts Pasteur, nos étudiants, nos savants travaillent fraternellement avec ceux de Russie. Les révolutionnaires russes réfugiés à Paris mêlent leurs aspirations à celles des socialistes.

Vous nous parlez toujours des crimes du tsarisme. Nous les dénonçons aussi. Le tsarisme est notre ennemi. Je l'ai écrit récemment. Je le répète encore. Mais il est également l'ennemi de l'élite intellectuelle de la Russie elle-même. On n'en peut dire autant, Allemands, de la vôtre qui suit servilement les ordres de vos maîtres. — J'ai reçu, ces jours-ci, votre étonnante *Adresse aux Nations civilisées*, dont l'impérial corps d'armée des intellectuels allemands a bombardé l'Europe, en même temps que le corps d'armée du commerce allemand (*Bureau des Deutschen Handelstages*) mitraillait le marché du monde de ses circulaires ornées de l'effigie de Mercure, dieu du mensonge. Cette mobilisation des régiments de la plume et du caducée, avec laquelle aucun autre pays ne pourrait certes rivaliser, a, je pense, apporté quelques raisons nouvelles de craindre la puissance d'organisation de l'Empire, aucune de l'estimer plus. Les *Nations civilisées* ont lu, non sans stupeur, sous l'attestation authentique des noms les plus illustres de la science, de l'art, de la pensée d'Allemagne, — Behring, Ostwald, Rœntgen, Eucken, Haeckel, Wundt, Dehmel, Hauptmann, Sudermann, Hildebrand, Klinger, Liebermann, Humperdinck, Weingartner, etc., — peintres et philosophes, musiciens, théologiens, chimistes, économistes, poètes, professeurs de vingt Universités, — « qu'il n'est pas vrai que l'Allemagne ait provoqué la guerre, — qu'il n'est pas vrai que l'Allemagne ait violé criminellement la neutralité belge, — qu'il n'est pas vrai que l'Allemagne ait porté atteinte à la vie ou aux biens d'un seul citoyen belge, sans y être forcée, — qu'il n'est pas vrai que l'Allemagne ait détruit Louvain », (détruit ? elle l'a sauvée !...) — « qu'il n'est pas vrai que l'Allemagne »... qu'il n'est pas vrai que le jour soit le jour, ni que la nuit soit la nuit !... — Je l'avoue, je n'ai pu aller jusqu'au bout de ma lecture, sans cette confusion que j'éprouvais, enfant, quand j'entendais un homme âgé que je respectais énoncer certains faits que je savais faux. Je détournais les yeux et rougissais pour lui... Grâce à Dieu, les crimes du tsarisme n'ont jamais, en Russie, trouvé pour les défendre la plume des grands artistes, des penseurs, des savants ! Qui les a dénoncés au monde, sinon un Kropotkine, un Tolstoï, un Dostoievsky, un Gorki, tout ce qui a un nom dans la littérature !

La domination russe s'est faite cruellement lourde souvent pour les petites nationalités qu'elle a englouties. Mais comment se fait-il donc, Allemands, que les Polonais la préfèrent encore à la vôtre ? Croyez-vous que l'Europe ignore la façon monstrueuse dont vous anéantissez la race polonaise ? Pensez-vous que n'arrivent pas jusqu'à nous les confidences de ces peuples de la Baltique, qui, ayant à choisir entre deux conquérants, préfèrent encore le russe, parce qu'il est plus humain ? Lisez cette lettre, que je viens de recevoir encore, ces jours derniers, d'un Letton (Lithuanien), qui, bien qu'ayant souffert des exactions des Russes, prend parti ardemment avec eux contre vous.

Mes amis d'Allemagne, ou vous êtes étrangement ignorants de l'état d'esprit des peuples qui vous entourent, ou vous nous croyez bien naïfs et bien mal informés, Votre impérialisme, sous des dehors plus civilisés, ne me paraît pas moins féroce que le tsarisme, pour tout ce qui peut s'opposer à son rêve cupide de domination universelle. Mais tandis que l'immense et mystérieuse Russie, qui regorge de forces jeunes et révolutionnaires, nous laisse l'espérance d'un renouvellement prochain, votre Allemagne étaye sa dureté systématique sur une trop ancienne et savante culture pour qu'il y ait grand espoir qu'un si vieil homme s'amende. Et si j'en avais eu, — (j'en avais, mes amis), — vous vous êtes bien chargés de me l'enlever, artistes et savants qui avez rédigé cette *Adresse*, où vous vous enorgueillissez de ne faire qu'un avec le militarisme prussien. Sachez-le, rien ne nous est plus écrasant, à nous Latins, plus impossible à respirer que votre militarisation intellectuelle. Si jamais le malheur voulait qu'un tel esprit pût triompher, avec vous, en Europe, je la quitterais pour toujours. J'aurais le dégoût d'y vivre.

Voici quelques extraits de l'intéressante lettre que j'ai reçue d'un représentant de ces petites nationalités qui se trouvent disputées entre Russie et Allemagne et, tout en souhaitant de sauvegarder leur indépendance entre l'une et l'autre, se voient forcées de choisir, et choisissent la Russie. Il est bon de les entendre. Nous prêtons trop uniquement l'oreille aux grandes puissances aux prises. Songeons aux petites barques qu'entraînent dans leur sillage les grands vaisseaux. Partageons, un moment, l'angoisse avec laquelle ces petits peuples, trop oubliés par l'égoïsme de l'Europe, attendent l'issue du combat gigantesque qui décidera de leur sort. Que l'Angleterre et la France voient ces yeux suppliants qui se tournent vers elles, et que la jeune Russie, qui aspire à la liberté, pense généreusement à en faire rayonner les bienfaits !

10 octobre 1914

Lettre à Romain Rolland

30 septembre 1914

Monsieur,

Je vous remercie de votre article : *Au-dessus de la Mêlée*… Quoique je sois, par mon éducation, plus près de la culture germanique et de la culture slave que de la culture française, j'ai pourtant plus d'estime pour l'esprit français, car j'ai la conviction, aujourd'hui plus que jamais, que c'est lui qui donnera au monde la solution si nécessaire des problèmes de la liberté des nations et du droit des peuples.

« Vous citez, dans votre article, les mots d'un de vos amis, écrivain et soldat, qui dit que les Français ne combattent pas seulement pour défendre leur territoire, mais pour sauver *les libertés du monde*… Vous ne pouvez vous imaginer quel retentissement ont des mots comme ceux-ci dans le cœur des nations opprimées, et quels courants de sympathie affluent, en ce moment, de tous les coins de l'Europe, vers la France, que d'espoirs s'attachent à sa victoire !

« Pourtant, bien des doutes ont été exprimés à l'égard de ces affirmations françaises et anglaises, parce que ces deux peuples sont alliés de la Russie, dont la politique est contraire aux idées de droit et de liberté. Et l'Allemagne elle-même prétend que ce sont ces idées qu'elle défend contre la Russie.

29/98

« Il serait intéressant d'apprendre qu'est-ce que ces écrivains et ces professeurs allemands, qui parlent d'une guerre sainte contre la Russie sauvage, entendent par là, dans la pratique. — Voudraient-ils venir en aide aux partis révolutionnaires pour détrôner le tsar ? Mais tous ces partis refuseraient hautement d'accepter un secours de la Prusse militaire. — Voudraient-ils libérer les nations voisines opprimées par les Russes, les Polonais par exemple, en les incorporant à l'empire allemand ? Mais tout le monde sait que les Polonais, sujets allemands, ont subi de la part du gouvernement allemand un traitement beaucoup plus ignoble que celui dont se plaignent, avec raison, les Polonais russes.

« Restent les provinces baltiques de la Russie, où les Allemands ont depuis des siècles leurs pionniers parmi les grands propriétaires et les commerçants des grandes villes. Ceux-ci, étant de nationalité allemande, quoique sujets russes, accepteront sans doute les armées allemandes à bras ouverts. Mais ils ne forment qu'une caste de nobles et de gros bourgeois, qui ne compte que quelques milliers d'hommes, tandis que tout le reste de la population, les nations lettone (ou lette) et esthe, considéreraient l'incorporation de ces provinces à l'Allemagne comme la pire calamité. Nous savons ce que c'est que la domination allemande ; et je puis en parler, car je suis un Letton, et je crois connaître à fond les sentiments et les espoirs de mon peuple.

« Les Lettons sont consanguins aux Lithuaniens. Ils habitent la Courlande, la Livonie, et une partie du gouvernement de Vitebsk. Riga est leur centre intellectuel. Des colonies lettones se trouvent dans toutes les villes principales de Russie. L'an passé, les *Annales des Nationalités* à Paris, ont consacré deux numéros à ces deux nations sœurs. La situation géographique, trop enviable, du pays, a causé aux Lettons la singulière malchance de subir, avant le joug des Russes, celui des Allemands. Pour caractériser d'un mot ce que ce dernier a été pour nous, il suffit de dire que les Russes nous apparaissent, en comparaison des Allemands, comme des libérateurs. Pendant des siècles, les Allemands nous ont maintenus par la force brutale dans un état pareil à l'esclavage. Il n'y a qu'une cinquantaine d'années que le gouvernement russe a brisé cet asservissement, en nous faisant libres, mais en commettant en même temps la grave injustice de laisser toutes nos terres dans les mains des propriétaires allemands. En dépit de tout, nous avons réussi en quelque vingt ou trente ans à racheter des Allemands une partie de nos terres et à atteindre un certain niveau de culture, grâce auquel nous sommes considérés, à côté des Finlandais et des Esthes, comme la nation la plus avancée de l'empire russe.

« Les journaux allemands nous reprochent souvent d'être ingrats et de ne pas assez leur savoir gré des bienfaits de la culture qu'ils se vantent d'avoir apportée chez nous. C'est avec un sourire amer que nous écoutons ces revendications, et nous faisons suivre le mot allemand : *Kulturträger* (porteurs de civilisation) d'un point d'exclamation, parce que les actes des Allemands ont fait de ce terme une dérision. Nous avons acquis notre culture, malgré eux et contre leur volonté. *Même aujourd'hui encore, ce sont les représentants des Allemands dans la Douma russe qui s'opposent aux rares intentions du gouvernement d'apporter quelques réformes dans les Provinces Baltiques.* Ces provinces sont administrées d'une manière différente (différente dans le pire sens) des autres gouvernements de Russie : nous subissons encore des lois et règlements qu'on ne retrouve plus nulle part en Europe et qui, établis à l'époque féodale, ont été maintenus rigoureusement chez nous, grâce aux efforts des grands propriétaires allemands, qui ont été toujours trop écoutés à la cour impériale de Pétersbourg.

« Autrefois, quand nous ne savions comment concilier nos sympathies et notre admiration pour la pensée et l'art de l'Allemagne avec l'esprit borné, hautain et cruel de ses représentants chez nous, nous avions inventé l'explication que les Allemands de chez nous étaient une espèce particulière, ayant peu de traits communs avec les autres Allemands. Mais les forfaits que ceux-ci viennent d'accomplir en Belgique et en France nous ont prouvé notre erreur. Les Allemands sont partout les mêmes, quand il s'agit de conquérir et de dominer : aucun scrupule humanitaire. Et l'on voit qu'en Allemagne, de même qu'en Russie, il faut bien distinguer deux courants d'esprit : l'un, surexcité par les idées du Pangermanisme et du Panslavisme, cherche la gloire de la nation sur les champs de bataille et dans l'oppression des autres individualités nationales ; l'autre aspire au même but dans le domaine paisible de la pensée et de la création artistique. De même que la culture de Goethe n'a rien de commun avec le militarisme prussien, Tolstoï peut être considéré comme le représentant de cette autre Russie, bien différente de celle que représente actuellement le gouvernement russe. Certes, l'abîme entre ces deux formes de l'esprit national est moins profond en Allemagne qu'en Russie ; cela résulte de l'immensité de la Russie, qui abrite tant de masses humaines, pauvres et ignorantes, sur lesquelles le gouvernement russe s'appuie dans ses actes les plus brutaux. *Mais il est tout à fait injuste d'apostropher toujours les Russes du terme de barbares. Surtout les Allemands qui usent toujours de ce mot quand ils parlent des Russes, ont moins de droit à le faire que quiconque. Qui connaît le monde intellectuel d'Allemagne et de Russie ne dira pas que le premier est très supérieur au second ; ils sont différents, et voilà tout. J'ajouterai que ce qui rend le monde intellectuel de Russie plus sympathique que celui de l'Allemagne d'aujourd'hui, c'est que jamais il ne serait capable de justifier et d'approuver les sauvageries de son gouvernement, comme le font aujourd'hui les intellectuels d'Allemagne. Il a été souvent contraint à se taire, mais jamais il n'a élevé la voix pour excuser un gouvernement coupable.*

« Que mon attestation en faveur des Russes ne fasse pas croire que je les idéalise, ou que mon peuple, les Lettons, a été privilégié par le gouvernement russe ! Tout au contraire : personnellement, j'ai eu plus à souffrir des Russes que des Allemands ; et quant à ma nation, elle connaît trop le lourd poing du gouvernement russe et l'haleine étouffante du Panslavisme. En 1906, ce sont les paysans et les intellectuels lettons qui ont eu le privilège d'être fouettés le plus ; c'est parmi eux que s'est trouvée la plus forte proportion de malheureux fusillés, ou pendus, ou emprisonnés pour la vie. Et depuis cette année terrible, on retrouve dans les principales villes de l'Europe occidentale des colonies lettones, formées de réfugiés ayant réussi à fuir les atrocités de l'expédition pénale du gouvernement russe dans notre pays. Mais voici qui est encore caractéristique : *à la tête de la plupart des détachements militaires chargés de châtier le pays, se trouvaient des officiers de nationalité allemande, qui avaient demandé cet emploi et qui déployaient un tel zèle, en fusillant les hommes et incendiant les maisons, qu'il surpassait même les intentions du gouvernement russe. Ces jours-là, les lieux qui avaient été visités par les dragons conduits par des officiers de nationalité russe pouvaient s'estimer heureux : car pour les mêmes cas où les officiers russes infligeaient des coups de fouet, les officiers allemands ordonnaient la mort.*

« Si jamais mon peuple avait le choix entre un gouvernement russe et un gouvernement allemand, il préférerait le premier, comme le moindre des maux. Je lis dans les journaux lettons que les soldats de réserve de mon pays sont partis avec enthousiasme pour la guerre actuelle. Je ne suppose pas que cet enthousiasme vienne de la pensée de combattre pour la gloire de ceux qui, par tous les moyens, entravent notre développement national, en défendant d'enseigner dans notre langue aux écoles primaires, en tâchant de coloniser nos terres avec des paysans russes, en obligeant les nôtres à émigrer en Sibérie et en Amérique, en empêchant que les places dans l'administration soient occupées par les Lettons, etc., etc.. Si pourtant cet enthousiasme existe, c'est parce que la guerre est faite contre l'Allemagne, et parce que les Lettons savent que les Allemands visent depuis longtemps à la possession des provinces Baltiques : or nous serions capables de n'importe quels sacrifices pour l'empêcher. Nous qui aimons notre culture nationale, nous qui connaissons bien le panslavisme et le pangermanisme, nous estimons que, pour l'indépendance de la culture des petites nations, le panslavisme est moins dangereux que le pangermanisme. Cela résulte surtout du caractère des deux races.

Les Allemands oppriment, d'une manière systématique, et par cela même toujours efficace. De plus, leur hauteur méprisante pour tout ce qui n'est pas eux, la logique, le sang-froid avec lesquels ils exercent leurs persécutions partout où ils dominent, les rendent intolérables.

« *Les Russes sont, de nature, moins conséquents ; leur esprit n'est pas aussi ordonné ; ils suivent plutôt leur cœur, et pour cela, ils sont moins redoutables comme oppresseurs. Ils frappent quelquefois, d'une façon très cruelle et douloureuse ; mais ils peuvent aussi se reprendre, de temps en temps. Ils sont, dans leurs manières, plus rudes et plus brutaux que les Allemands ;* (je parle surtout des administrateurs et des officiers) ; *mais ils sont, au fond, plus humains que ceux-ci, qui cachent souvent sous les dehors d'une parfaite courtoisie des intentions d'une animosité féroce. Dans cette année 1906, où l'on fit en Russie des exécutions en masse, il y eut quelques cas de suicide parmi les officiers russes, qui ne pouvaient* concilier dans leur conscience le métier de soldats avec celui de bourreaux. Au contraire, les officiers de nationalité allemande l'exerçaient avec joie.

« Néanmoins, si une domination russe est préférable encore à une domination allemande, elle est encore bien lourde. C'est avec un sentiment double que j'apprends les nouvelles des victoires russes. Je m'en réjouis, car elles sont en même temps des victoires des Alliés. Mais d'autre part, je crains la Russie victorieuse. C'est après les défaites de la guerre russo-japonaise, quand le gouvernement russe était affaibli, qu'il accordait quelques libertés, — presque entièrement reprises à mesure que ses forces revenaient. Qu'avons-nous à attendre du tsarisme victorieux, surtout nous, les non-Russes, sinon un furieux réveil des idées écrasantes du panslavisme ?

« C'est, en ce moment, la question angoissante des nations assujetties à la Russie. J'ai lu dans votre article qu'après le militarisme prussien le tsarisme aurait son tour. Comment devons-nous comprendre ces mots ? Supposez-vous qu'une nouvelle guerre éclatera plus tard pour combattre le tsarisme, ou qu'il tombera sous les coups d'une révolution intérieure ? Ou, peut-être, avant de s'allier à la Russie, la France et l'Angleterre auraient-elles obtenu d'elle des promesses indiquant une nouvelle ère dans la politique intérieure de la Russie ? La proclamation aux Polonais en serait-elle un indice ? Aura-t-elle une suite réelle après la guerre ? Et les autres nations opprimées de la Russie, — les Finlandais, les Lettons, les Lithuaniens, les Esthes, les Arméniens, les Juifs, etc… — pensera-t-on aussi à leur rendre justice ?

« Ces questions sont probablement dénuées de tout sens politique. Mais sans se rendre compte comment la France et l'Angleterre pourraient être pour nous des libératrices, tous nos espoirs montent vers elles ; nous voulons croire que, d'une manière ou de l'autre, elles veilleront, à l'avenir, à ce que leur alliée, la Russie, se montre digne d'elles et des idées pour lesquelles elles combattent, afin que le sang de ceux qui meurent pour la liberté ne nourrisse pas la force des oppresseurs.

« Voilà, Monsieur, que sans que vous me l'ayez demandé, je vous ai largement exposé les peines, les espoirs et les craintes d'une nation qui s'est développée sur un étroit passage entre deux abîmes, le pangermanisme et le panslavisme. En souhaitant ardemment l'anéantissement du premier, nous avons tout à craindre de l'autre, quoique nous n'aspirions pas à une autonomie politique ; nous ne désirons que la possibilité d'un libre développement de nos forces intellectuelles, artistiques et économiques, sans l'éternelle menace de la russification ou de la germanisation. Par notre culture acquise en dépit de tous les obstacles, nous croyons être dignes des libertés et des droits de l'homme; et nous sommes persuadés que notre individualité nationale sera capable d'apporter une note précieuse dans l'harmonie des peuples et des civilisations.

Journal de Genève, 10 octobre 1914

VI

INTER ARMA CARITAS

Une fois de plus, je m'adresse aux frères ennemis. Mais je ne tenterai plus, cette fois, de discuter. La discussion est impossible, avec qui prétend non pas chercher, mais posséder la vérité. Aucune force de l'esprit n'est, pour le moment, capable de percer le mur épais de certitude, dont l'Allemagne se barricade contre la lumière du jour, — l'affreuse certitude, le contentement de pharisien qui s'épanouit dans la lettre monstrueuse de ce prédicateur de cour, glorifiant Dieu de l'avoir fait impeccable, irréprochable et pur, lui, son empereur, ses ministres, son armée et sa race, et se réjouissant d'avance, dans sa « sainte colère », de l'écrasement de tous ceux qui ne pensent pas comme lui.

Certes, je me garde bien de croire que ce monument d'orgueil antichrétien représente l'esprit de la meilleure Allemagne. Je sais combien de cœurs excellents, modestes, affectueux, incapables de faire le mal et presque de le concevoir, font encore aujourd'hui sa richesse morale : (j'en connais, pour ma part, que je ne cesserai d'estimer). Je sais combien d'intelligences obstinées, intrépides, travaillent sans relâche dans la science allemande à conquérir la vérité. Mais quand on voit, d'une part, ces braves gens, trop confiants, dociles, les yeux fermés, ne connaître des choses et ne vouloir connaître que ce qu'il plaît à leur État de leur faire savoir, — quand on voit, d'autre part, les esprits les plus lucides de l'Allemagne, historiens et savants, qui sont pourtant rompus à la critique de textes, baser leur certitude sur des documents tous provenant d'une seule des parties, et, pour preuve péremptoire, nous renvoyer aux affirmations intéressées de leur empereur et de leur chancelier, comme de sages écoliers qui n'ont d'autre argument que : *Magister dixit*, — quel espoir reste-t-il de les convaincre qu'il existe une vérité en dehors du Maître et qu'à côté du *Weissbuch* nous avons dans les mains toutes sortes de Livres de toutes les couleurs, dont un juge impartial doit écouter les témoignages ? Mais les connaissent-ils seulement, et le Maître laisse-t-il circuler dans sa classe les manuels de ses rivaux ? Ce n'est pas seulement dans les faits mis en cause, c'est dans l'intelligence même que réside le désaccord. Entre l'esprit germanique d'aujourd'hui et celui du reste de l'Europe il n'y a plus de point de contact. On leur parle : « Humanité » ; ils répondent : « Uebermensch », « Uebervolk » ; (et il va de soi que l'*Uebervolk* est le leur). L'Allemagne semble atteinte d'une exaltation morbide, d'une folie collective, sur laquelle aucun remède ne peut agir que le temps. Si l'on en croit l'observation médicale pour des cas analogues, ces formes de délire sont à évolution rapide et suivies subitement de profondes dépressions. Il s'agit donc d'attendre, en se gardant le mieux possible de la démence d'Ajax.

Attendons. D'ici là, Ajax s'est chargé de nous tailler de la besogne. Que de ruines autour de nous ! Secourons les victimes. Certes, nous pouvons bien peu. Dans la lutte éternelle entre le mal et le bien, la partie n'est pas égale : il faut un siècle pour construire ce qu'un jour suffit à détruire. Mais aussi, la fureur aveugle n'a qu'un jour, et le patient labeur est le pain de tous les jours. Il ne s'interrompt pas, même aux heures où le monde semble sur le point de finir. Sous l'entrecroisement des bombes des deux armées, les vignerons de Champagne récoltent leur vendange. — Et nous, faisons la nôtre ! Elle réclame les bras de tous ceux qui sont en dehors du combat. Il me semble notamment que pour ceux qui continuent d'écrire, il y aurait mieux à faire qu'à brandir une plume sanguinaire et, assis devant leur table, à crier : « Tue! Tue! » Je trouve la guerre haïssable, mais haïssables plus ceux qui la chantent sans la faire. Que dirait-on d'officiers qui marcheraient derrière leurs soldats ? Le rôle le plus digne de ceux qui viennent par derrière est de relever ceux qui tombent et de rappeler dans la bataille, la belle devise, trop oubliée : *Inter arma caritas.*

Parmi tant de misères, pour le soulagement desquelles tous les hommes de cœur peuvent s'accorder, je parlerai de celle des prisonniers de guerre. Mais, sachant que l'Allemagne d'aujourd'hui rougit de sa sentimentalité passée, j'éviterai avec soin d'attirer sa pitié par des « pleurnicheries », comme on dit là-bas, à propos de nos plaintes sur la dévastation de Louvain et de Reims. « La guerre est la guerre. » Soit ! Il est donc naturel qu'elle traîne dans son escorte des milliers de prisonniers, officiers et soldats.

De ceux-ci, pour le moment, je ne dirai que quelques mots. Et ce sera pour rassurer, dans la mesure du possible, les familles qui les recherchent et s'inquiètent de leur sort. Car, d'un côté comme de l'autre, circulent trop facilement des légendes odieuses, propagées par une presse sans scrupule, qui tendent à faire croire que les lois les plus élémentaires de l'humanité sont foulées aux pieds par l'adversaire. Un ami autrichien ne m'écrivait-il pas dernièrement affolé par les mensonges de je ne sais quels journaux, pour m'adjurer de prendre la protection des blessés allemands en France, laissés dans l'abandon ! Et n'ai-je pas entendu ou lu les mêmes craintes indignées de la part des Français, au sujet de leurs blessés maltraités en Allemagne ? Or, tout ceci est faux, d'un côté comme de l'autre ; et ceux qui, comme nous, sont à même de recevoir des renseignements sur des deux camps, doivent affirmer au contraire que, d'une façon générale (sur des milliers de cas, on ne peut, naturellement, se faire garant qu'il n'y aura pas, ici ou là, quelques exceptions individuelles), cette guerre qui a atteint dans l'action à un degré d'âpreté qu'aucune des guerres précédentes en Occident ne faisait prévoir, est, par contraste, moins dure pour tous ceux qui se trouvent — prisonniers ou blessés — arrachés à l'action.

Les lettres que nous recevons, les documents publiés — notamment un rapport paru dans la *Neue Zürcher Zeitung* du 18 octobre et dont l'auteur, le docteur Schneeli, vient de visiter en Allemagne les hôpitaux et les camps de prisonniers — montrent qu'on fait effort là-bas pour concilier l'humanité avec les exigences de la guerre, qu'il n'y a aucune différence entre les soins donnés aux blessés du pays et ceux aux blessés ennemis, que des rapports amicaux s'établissent entre les prisonniers et la landwehr qui les garde et que la nourriture est la même pour ceux-ci et ceux-là.

Je souhaite qu'une enquête semblable soit faite et publiée sur les dépôts de prisonniers allemands en France. En attendant, les rapports personnels qui m'arrivent me montrent une situation analogue ; et les mêmes traits de confraternité entre blessés des deux camps me sont à la fois signalés d'Allemagne et de France par des témoins très sûrs ; ici et là, ce sont des soldats du pays qui refusent d'être pansés ou de recevoir leur ration avant leurs camarades ennemis. Qui ne sait d'ailleurs que c'est peut-être dans les armées que le sentiment de haine nationale est le moins fort, parce qu'on y apprend à estimer le courage de l'adversaire, parce qu'on supporte les mêmes souffrances, et parce qu'enfin, où toute l'énergie est tournée vers l'action, il n'en reste plus assez pour le ressentiment ? C'est chez ceux qui n'agissent pas que la haine prend ces caractères de dureté implacable, dont quelques intellectuels offrent des exemples affreux.

La situation morale du prisonnier militaire n'est donc pas aussi accablante qu'on pourrait croire ; et son sort, si triste qu'il soit, est moins pitoyable que celui d'une autre classe de prisonniers dont je vais parler plus loin. Le sentiment du devoir accompli, le souvenir de la lutte relèvent son malheur à ses yeux et même à ceux de l'adversaire ; il n'est pas totalement abandonné à l'ennemi ; les règlements internationaux le protègent, les Croix-Rouges veillent sur lui, et l'on n'est pas dénué des moyens de savoir où il est et de lui venir en aide.

En ceci, l'admirable *Agence internationale des prisonniers de guerre*, qui, vieille d'un mois à peine, a déjà fait pénétrer et aimer le nom de Genève dans les coins les plus reculés de France et d'Allemagne, est une vraie Providence. Elle n'a besoin, comme toutes les Providences, que d'être secondée par ceux sur qui elle veille, je veux dire par les États intéressés, qui lui font quelquefois attendre un peu longuement leurs listes de prisonniers. Sous l'égide du comité international de la Croix-Rouge, que préside M. Gustave Ador, et sous la direction de M. Max Dollfus, elle occupe à présent plus de 300 travailleurs volontaires, venant de toutes les classes apporter leur concours à l'œuvre de charité. Plus de 15.000 lettres par jour lui passent par les mains. Elle transmet quotidiennement environ 7.000 lettres entre familles et prisonniers, et assure l'envoi de 4.000 francs en moyenne. Les renseignements précis qu'elle peut communiquer, très pauvres à l'origine, s'élèvent à présent à un millier par jour ; et leur nombre ne cesse d'augmenter, avec l'arrivée de listes plus complètes, reçues des gouvernements.

Elle n'est pas seulement bienfaisante, en renouant les liens brisés par la bataille entre le soldat prisonnier et les siens. Par son œuvre de paix, par sa connaissance impartiale des faits dans les pays en lutte, elle peut contribuer à détendre un peu la haine, exaspérée par des récits hallucinés, et à montrer chez l'ennemi le plus acharné ce qui reste d'humain. Elle peut signaler aussi à l'attention des gouvernements, ou tout au moins à l'opinion, des cas sur lesquels une entente rapide s'imposerait, dans l'intérêt des deux parties, — ainsi, à propos d'un échange des blessés grièvement, qui sont dans l'impossibilité constatée de prendre part de nouveau à la guerre, et qu'il est, par suite, inutilement inhumain de laisser languir loin des leurs. Elle peut enfin diriger efficacement la bienfaisance publique, qui est souvent incertaine, en désignant, par exemple, aux pays neutres, si généreusement avides de venir en aide aux souffrances des combattants, ceux qui ont le plus urgent besoin de leurs secours : ces prisonniers blessés, convalescents, qui, sortant de l'hôpital, manquent de linge, de chaussures, et à l'entretien desquels le gouvernement ennemi ne peut être tenu.

Au lieu de combler de dons (qui sans doute ne sont jamais superflus) les armées combattantes, que leurs nations ont le devoir et le pouvoir de secourir, qu'ils en réservent la meilleure part à ceux qui en sont le plus dénués et qui en ont le plus besoin : car ils sont faibles, brisés et isolés.

Mais il est une classe de prisonniers, sur lesquels je voudrais attirer spécialement l'intérêt, car ils sont dans une situation infiniment plus précaire, qu'aucun règlement international ne protège. Ce sont les prisonniers civils. Ils sont une des innovations de cette guerre effrénée, qui semble avoir pris pour tâche de violer tous les droits des gens. Jusque-là, il n'avait été question, dans les guerres précédentes, que de quelques otages arrêtés, çà et là, pour garantir l'exécution d'un engagement pris par une ville conquise. Mais jamais on n'avait entendu parler de populations entières razziées, emmenées en captivité, à l'instar des conquêtes antiques, comme l'usage en a été remis en vigueur, depuis le début de cette guerre. Le fait n'étant pas prévu, rien n'a été fait pour régulariser leur situation, dans le droit de la guerre (si l'on ose associer ces deux mots). Et comme il était malaisé d'y procéder, au milieu du combat, il a paru plus simple de les ignorer. Ils sont comme s'ils n'existaient pas.

Ils existent pourtant, ils existent par milliers. Leur nombre semble à peu près égal, d'un côté comme de l'autre. Lequel des deux ennemis prit l'initiative de ces captures ? On ne peut le dire encore, avec certitude. Il semble bien que l'Allemagne ait fait, dès la seconde quinzaine de juillet, arrêter nombre de civils alsaciens. La France y répondit, au lendemain de l'ordre de mobilisation, en déclarant prisonniers les Allemands et Autrichiens se trouvant sur son territoire. Ce vaste coup de filet fut suivi d'autres semblables, en Allemagne et en Autriche. La conquête de la Belgique et l'invasion du nord de la France amenèrent un redoublement de ces mesures, aggravées de violences. Les Allemands, en se retirant, après leur défaite sur la Marne, razzièrent méthodiquement dans les villes et villages de Picardie et de Flandre toute la population en état de porter les armes : 500 hommes à Douai ; à Amiens, 1.800, convoqués devant la citadelle, sous prétexte de répondre simplement à un appel et emmenés aussitôt, sans avoir même le temps de rentrer quelques minutes chez eux pour prendre un vêtement de rechange.

En beaucoup d'occasions, les captures n'ont même pas l'excuse d'une utilité militaire. Au village de Sompuis (Marne), le 10 septembre, les Saxons s'emparent d'un curé impotent de soixante-treize ans, pouvant à peine marcher, et de cinq vieux hommes de soixante à soixante-dix ans, dont un boiteux, et les emmènent à pied. Ailleurs, ce sont des femmes, des enfants. Heureux ceux qui se trouvent pris ensemble ! Ici un mari, fou de chagrin, cherche sa femme et son fils de trois ans, qui ont disparu depuis le passage des Allemands à Quiévrechain (Nord). Là, c'est une mère et ses enfants qui ont été pris par les Français, près de Guebwiller ; les enfants ont été renvoyés, non la mère. Un capitaine français, blessé par un éclat d'obus, a vu sa femme aussi blessée par les balles allemandes à Nomeny (Meurthe-et-Moselle) ;

depuis, elle a disparu, emportée, il ne sait où. Une vieille campagnarde de soixante-trois ans est enlevée à son mari, près de Villers-aux-Vents (Meuse), par un détachement allemand. Un enfant de seize ans est pris chez sa mère, à Mulhouse.

Nul sentiment humain dans ces rapts qui paraissent aussi absurdes que cruels. On dirait qu'on s'applique à séparer les uns des autres ceux qui s'aiment. Et de ceux qui disparaissent, aucune trace qui permette de les retrouver. — Je ne parle pas de la Belgique. Là, c'est le silence de la tombe. De ce qui s'y passe, depuis trois mois, rien ne se sait au dehors. Les villages, les villes existent-ils encore ? J'ai sous les yeux des lettres de parents (qui, parfois, n'appartiennent à aucune des nations en guerre), implorant des nouvelles de leurs enfants, de douze ans, de huit ans, retenus en Belgique depuis le commencement des hostilités ; j'ai même trouvé dans la liste de ces petits disparus, — prisonniers de guerre, sans doute ? — de jeunes citoyens de quatre ans et de deux ans. (Sont-ils mobilisables ?)

Nous voyons les angoisses de ceux qui sont restés. Imaginez la détresse de ceux qui sont partis, dénués d'argent et de tout moyen d'en demander aux leurs ! Quelle misère nous révèlent les premières lettres qui nous sont parvenues des familles internées, en Allemagne ou en France, — une mère avec son petit garçon malade, et, quoique riche, ne parvenant pas à se procurer la moindre somme, — ou cette autre, avec deux enfants, qui nous charge de prévenir sa famille que si, après la guerre, on n'entend plus parler d'elle, c'est qu'elle sera morte de faim !

Eh bien, ces cris de misère, il semblait que pendant deux mois, personne ne les entendît au milieu de la bataille. Les Croix-Rouges elles-mêmes, absorbées par leur tâche immense, réservaient leurs secours aux prisonniers militaires ; et les gouvernements paraissaient affecter pour leurs malheureux citoyens un superbe mépris : (ce qui n'est pas bon pour la guerre est-il digne d'intérêt ?) Et pourtant, ce sont là les victimes les plus innocentes de la mêlée ; elles n'y ont pas pris part, et rien ne les préparait à ces calamités.

Heureusement, s'est trouvé un homme au grand cœur (il ne me pardonnera pas de le nommer), M. le docteur Ferrière, qui s'émut du malheur de ces parias de la guerre. Avec une ténacité patiente et passionnée, il s'obstina à construire, dans le grand rucher de la Croix-Rouge, une ruche spéciale pour l'aide à ces malheureux ; et sans se décourager des difficultés sans nombre, du peu de chances de succès, il persévéra, d'abord se limitant à dresser les listes des disparus et tâchant de rendre confiance à ceux qui les cherchaient, puis, par tous les moyens, s'efforçant de connaître les lieux d'internement et de rattacher le fil brisé entre les parents, les amis. Quelle joie lorsqu'on peut annoncer à une famille que le fils, que le père, vient d'être retrouvé ! Chacun de nous, à notre table (car on m'a fait l'honneur de m'y accorder place), se réjouit, comme s'il était aussi de la famille. Et le hasard a fait que la première lettre de ce genre que j'aie eue à écrire fût pour prévenir de braves gens de mon petit pays, de ma ville nivernaise.

À présent, un progrès sérieux a été obtenu. Les infortunes les plus pressantes ont fini par être écoutées ; les gouvernements se sont entendus pour libérer les femmes, les enfants au-dessous de dix-sept ans et les hommes au- dessus de soixante ; les rapatriements ont commencé, le 23 octobre, par l'entremise du bureau de Berne, créé par le Conseil fédéral. Reste, sinon à délivrer les autres (il n'y faut pas compter avant la fin de la guerre), du moins à les mettre en communication avec leurs familles, et, pour cela, d'abord, découvrir où ils sont. En pareil cas, comme en bien d'autres, il y a plus à attendre du zèle charitable des particuliers que de celui des gouvernements. Les amis auxquels nous nous sommes adressés en Allemagne, en Autriche, comme en France, nous ont répondu avec empressement, tous montrant le désir généreux de concourir à notre œuvre. C'est dans de telles questions qui dépassent l'amour-propre national que se révèlent la fraternité profonde des nations qui se déchirent et la folie sacrilège delà guerre. Ah ! Comme on se sent tout proches, amis, ennemis, — tous unis, — devant la souffrance commune que tous les bras humains ne seraient pas trop pour écarter !

Quand on vient de goûter, après trois mois de luttes fratricides, ce sentiment reposant de large humanité et qu'on se retrouve ensuite au milieu de la mêlée, les cris de haine des journaux aboyant font horreur et pitié. Quelle besogne croient-ils faire ? Ils veulent punir des crimes et sont eux-mêmes des crimes : car les mots meurtriers sont les semences de meurtres. Dans l'organisme malade de l'Europe rongée de fièvre, tout vibre et se répercute. Chaque parole, chaque acte amène des représailles. À qui souffle la haine, la haine lui rejaillit à la face et le brûle. Héros de cabinet, matamores de la presse, les coups que vous portez atteignent bien souvent, sans que vous vous en doutiez, les vôtres, vos soldats, vos prisonniers livrés aux mains de l'ennemi : car ils répondent pour vous du mal que vous avez fait; et vous vous dérobez.

Il ne dépend pas de nous que la guerre s'arrête ; mais il dépend de nous qu'elle devienne moins âpre. Il y a des médecins du corps. Il en faudrait de l'âme pour panser les blessures de rancune, de vengeance, dont nos peuples sont empoisonnés. Que ce soit notre office, à nous qui écrivons ! Et tandis que le rucher de la Croix-Rouge fait son miel au milieu du combat, comme les abeilles de la Bible dans la gueule du lion mort, — tâchons de le seconder, et que notre pensée aille, à la suite des ambulances, relever les blessés sur les champs de bataille ! Que Notre-Dame la Misère pose sur le front de l'Europe démente sa main sévère et secourable ! Qu'elle ouvre les yeux à ces peuples aveuglés par l'orgueil, et qu'elle leur montre qu'ils ne sont, les uns et les autres, que de pauvres troupeaux d'êtres, égaux devant la douleur, et qui ont assez à faire de la combattre ensemble pour ne pas y ajouter !

Journal de Genève, 30 octobre 1914

VII

AU PEUPLE QUI SOUFFRE POUR LA JUSTICE

(Pour le *Livre du Roi Albert*)

2 novembre, *jour des Morts*, 1914.

La Belgique vient d'écrire un chant d'épopée, dont les échos retentiront dans les siècles. Comme les trois cents Spartiates, la petite armée belge tenant tête, trois mois, au colosse germanique ; — Leman Léonidas ; — Les Thermopyles de Liège ; — Louvain, comme Troie, brûlée ; — la *geste* du roi Albert entouré de ses preux : — quelle ampleur légendaire ont déjà ces figures, que l'histoire n'a pas encore fini de dessiner ! L'héroïsme de ce peuple qui s'est, sans une plainte, sacrifié tout entier pour sauver son honneur, a éclaté comme un coup de tonnerre en un temps où l'esprit de l'Allemagne victorieuse faisait régner sur le monde la conception d'un réalisme politique, lourdement appuyé sur la force et l'intérêt. Ce fut une libération de l'idéalisme opprimé de l'Occident. Et que le signal ait été donné par cette petite nation a semblé un miracle.

Les hommes appellent miracle l'apparition subite d'une réalité cachée. C'est le brusque danger qui fait le mieux connaître les individus et les peuples. Combien de découvertes cette guerre nous a fait faire parmi ceux qui nous entourent, qui nous touchent de plus près ! Que de cœurs de héros, et que de bêtes féroces ! L'âme profonde se révèle. Ce n'est pas une âme nouvelle.

En cette heure redoutable, la Belgique a vu surgir le génie caché de sa race. La valeur qu'elle a montrée, dans les trois derniers mois, frappe d'admiration ; elle ne surprend pas celui qui, dans l'histoire, vit couler à travers les siècles la sève de ce peuple, petit par le nombre et l'espace, l'un des plus grands de l'Europe par sa vitalité de fleuve débordant. Les Belges d'aujourd'hui sont fils des Flamands de Gourtrai. Les hommes de cette terre n'ont jamais craint d'affronter leurs puissants voisins, rois de France ou d'Espagne, — tour à tour héros et victimes, Artevelde et Egmond. Ce sol qu'a détrempé le sang de millions de combattants est le

45/98

plus fécond d'Europe, en moissons de l'esprit. C'est de lui qu'est sorti l'art de la peinture moderne, que l'école des vanEyck rayonna sur le monde au temps de la Renaissance. C'est de lui qu'est sorti l'art de la musique moderne, de cette polyphonie qui ruissela sur la France, l'Allemagne et l'Italie, pendant près de deux siècles. C'est de lui qu'est sortie la superbe floraison poétique d'aujourd'hui; et les deux écrivains qui représentent à présent avec le plus d'éclat les lettres françaises dans l'uni- vers, Maeterlinck et Verhaeren, sont Belges. C'est le peuple qui a le plus souffert et le plus vaillamment, le plus gaiement supporté, le peuple martyr de Philippe II et du Kaiser Wilhelm; et c'est le peuple de Rubens, le peuple des Kermesses et de Till Ulenspiegel.

Qui connaît l' étonnante épopée, reprise par Charles de Goster, les Aventures héroïques, joyeuses et glorieuses d' Ulenspiegel et de Lamme Goedjak , ces deux gaillards de Flandre , dignes de marcher de pair avec l'immortel Don Quichotte et son Sancho Pança, — qui a vu à l'œuvre cet indomptable esprit, rude et facétieux, révolté de nature, frondant toutes les puissances, passant par le cerceau de toutes les épreuves, et en sortant toujours guilleret et riant, — celui-là connaît aussi les destinées du peuple qui enfanta Ulenspiegel, et il regarde sans crainte, même aux heures les plus sombres, l'aurore prochaine de richesse et de liesse. La Belgique peut être envahie. Le peuple belge ne sera jamais ni conquis ni sou- mis. Le peuple belge ne peut mourir.

A la fin du récit de Till Ulenspiegel, alors qu'on le croit mort et qu'on va l'enterrer il se réveille :

« Est-ce qu'on enterre, dit-il, Ulenspiegel l'esprit, Nele le cœur de la mère Flandre ? Dormir, sot, mais mourir, non ; viens, Nele ! »

Il partit en chantant sa sixième chanson. Et nul ne sait où il chanta sa dernière.

VIII

LETTRE À CEUX QUI M'ACCUSENT

17 novembre 1914

À Genève, où je travaille à l'Œuvre internationale des Prisonniers de Guerre, m'est parvenu tardivement l'écho des attaques suscitées contre moi dans certains journaux par les articles que j'ai publiés, au *Journal de Genève*, ou plutôt par deux ou trois passages artificieusement choisis dans ces articles (car ceux-ci ne sont connus de presque personne, en France). Ma meilleure réponse sera de les réunir en brochure et de les publier, à Paris. Je n'y ajouterais pas un mot d'explication, car il n'est pas une ligne que je n'estime avoir eu le droit et le devoir d'écrire. Et je pense que, d'ailleurs, il y a mieux à faire, en ce moment, qu'à se défendre soi-même ; il y a à défendre les autres, les milliers de victimes que fait chez nous la guerre ; le temps que l'on consacre à répondre à un adversaire est comme un vol que l'on fait à ces malheureux, à ces prisonniers, à ces familles, dont nous tâchons à Genève, de rapprocher les mains qui se cherchent à travers l'espace. Mais puisqu'on ne s'est pas contenté de m'attaquer personnellement, puisqu'on a attaqué des idées, une cause, que je crois celles de la vraie France, puisque mes amis attendent de moi que je défende ces pensées qui sont aussi les leurs, je profite de l'hospitalité qui m'est offerte, pour répondre nettement, franchement, en bon françois et nivernois.

J'ai publié quatre articles : une lettre à Gerhart Hauptmann, au lendemain de la dévastation de Louvain; — *Au-dessus de la Mêlée*; — *De deux maux le moindre*; — et *Inter Arma Caritas*. Dans ces quatre articles, j'ai dit que de tous les impérialismes qui sont le fléau du monde, l'impérialisme militariste prussien est le pire, qu'il est l'ennemi de la liberté européenne, l'ennemi de la civilisation d'Occident, l'ennemi de l'Allemagne elle-même, et qu'il faut le détruire. — Sur ce point, j'imagine que nous sommes tous d'accord.

Que me reproche-t-on? — Sans entrer dans la discussion de certains points de détail, comme l'appel fait par les Alliés aux forces de l'Asie et

47/98

de l'Afrique, que j'ai désapprouvé et que je désapprouve encore, parce que j'y vois un grave danger prochain pour l'Europe, pour les Alliés eux-mêmes, et que ce danger commence à se réaliser déjà, par les menaces de soulèvement du monde islamique, — on me reproche essentiellement deux choses :

1° Mon refus d'englober dans la même réprobation le peuple allemand et ses chefs, militaires ou intellectuels;

2° L'estime et l'amitié que je conserve pour des hommes de cette nation avec qui nous sommes en guerre.

Je répondrai d'abord, sans ambages, à ce second reproche. — Oui, j'ai des amis allemands comme j'ai des amis français, italiens, anglais, de toute race. C'est ma richesse, j'en suis fier, et je la garde. Quand on a eu le bonheur de rencontrer dans le monde des âmes loyales avec qui l'on partage ses plus intimes pensées, avec qui l'on a noué des liens fraternels, ces liens sont sacrés, et ce n'est pas à l'heure de l'épreuve qu'on ira les briser. Quel lâche serait- il donc, celui qui cesserait peureusement de les avouer, pour obéir aux sommations insolentes d'une opinion publique qui n'a aucun droit sur notre cœur? L'amour de la patrie exige-t-il cette dureté de sentiment, que l'on décore, je le sais, du nom de Cornélienne? Mais Corneille lui-même a fourni la réponse :

— « Albe vous a nommé, je ne vous connais plus.

— « Je vous connais encore, et c'est ce qui me tue. »

Ce que de telles amitiés, en des moments pareils, ont de douloureux parfois jusqu'au tragique, certaines lettres le montreront plus tard. Du moins, nous leur devons d'avoir pu, grâce à elles, nous défendre de la haine, qui est plus meurtrière encore que la guerre, car elle est une infection produite par ses blessures, et elle fait autant de mal à celui qu'elle possède qu'à celui qu'elle poursuit.

Ce poison, je le vois avec inquiétude se propager, à l'heure actuelle. Les cruautés et les ravages commis par des armées allemandes ont fait naître chez les populations victimes un désir de représailles, qui se conçoit, mais que la presse n'a pas pour tâche d'exaspérer : car ce désir risquerait de conduire à de dangereuses injustices, dangereuses non seulement pour le vaincu, mais surtout pour le vainqueur.

Le France a, dans cette guerre, la chance d'avoir le plus beau rôle, et la chance plus rare encore que l'univers l'ait reconnu. Un Allemand m'écrivait, il y a quelques semaines : « La France a obtenu, dans cette guerre, un prodigieux triomphe moral : les sympathies du monde entier se sont ruées vers elle; et — le plus extraordinaire — l'Allemagne elle-même a un secret penchant pour l'adversaire. » Ce triomphe moral, nous devons tous vouloir qu'elle le garde jusqu'au bout, qu'elle reste, jusqu'au bout, juste, lucide et humaine. Je n'ai jamais pu distinguer la cause de la France de celle de l'humanité. C'est parce que je suis Français que je laisse à nos ennemis prussiens la devise : « Oderint, dum metuant. » Je veux que la France soit aimée, je veux qu'elle soit victorieuse non seulement par la force, non seulement par le droit (ce serait encore trop dur), mais par la supériorité de son grand cœur généreux. Je veux qu'elle soit assez forte pour combattre sans haine et pour voir, même dans ceux qu'elle est forcée d'abattre, des frères qui se trompent et dont il faut avoir pitié, après les avoir mis dans l'incapacité de nuire.

Nos soldats le savent bien. Je ne compte pas les lettres qui nous viennent du front et nous citent des traits de fraternité compatissante entre les combattants. Mais les civils qui se trouvent à l'écart du combat, qui n'agissent point, qui parlent, qui écrivent et s'entre- tiennent ainsi dans une agitation factice et forcenée sans pouvoir la dépenser, ceux-là sont livrés aux souffles de violence fiévreux. Et là est le danger. Car ils sont l'opinion, — la seule qui puisse s'exprimer : (toute autre est interdite). C'est pour eux que j'écris, non pour ceux qui se battent : (ils n'ont pas besoin de nous!)

Et lorsque j'entends des publicistes tâcher de tendre toutes les énergies de la nation, par tous les excitants, vers cet objet unique : l'écrasement total de la nation ennemie, j'estime qu'il est de mon devoir de m'élever contre ce que je crois à la fois une erreur morale et lune erreur politique. On fait la guerre à un État, on ne la fait pas à un peuple. Il serait monstrueux do faire porter soixante-cinq mil- lions d'hommes la responsabilité des actes de quelques milliers, de quelques centaines peut-être. De cette Suisse française, si pas- sionnée pour la France, si frémissante de ses sympathies pour elle et du devoir de les refréner, j'ai pu, depuis trois mois, par la lecture des lettres, des brochures d'Allemagne, scruter attentivement la conscience de la nation allemande. Et j'ai pu me rendre compte ainsi de bien des faits qui échappent à la plupart des Français : — le premier, le plus frappant, le plus inattendu, c'est qu'il n'y a dans l'ensemble de l'Allemagne aucune haine réelle contre la France ; (toute la haine est tournée contre l'Angleterre). Le pathétique même de la situation est que jamais l'esprit français n'avait exercé sur l'Allemagne une telle attraction que depuis deux ou trois ans; on commençait à découvrir la vraie France, la France du travail et de la foi ; les nouvelles générations allemandes, les jeunes classes que l'on vient de mener à l'abattoir d'Ypres et de Dixmude comptaient les esprits les plus purs, les plus idéalistes, les plus épris du rêve de fraternité universelle. Dirai-je que pour beaucoup d'entre eux la guerre a été un déchirement, « une horreur, un échec, un renoncement à tout idéal, une abdication de l'esprit, » comme l'écrivait l'un d'eux, à la veille de mourir ? Dirai-je que la mort de Péguy a été un deuil pour beaucoup de jeunes Allemands ? On ne le croira pas. Il le faudra bien pourtant, le jour où je publierai les documents amassés. Ce qu'on sait un peu mieux en France, c'est comment cette nation allemande, enveloppée dans la nasse des mensonges de son gouvernement, s'abandonnant à lui avec un loyalisme aveugle et entêté, en est arrivée à la croyance profonde qu'elle était attaquée, traquée par l'envie du monde, et qu'il lui fallait se défendre à tout prix, ou mourir. Il est dans les traditions chevaleresques de la France de rendre hommage au courage d'un adversaire. On doit à celui-ci de reconnaître qu'à défaut d'autres vertus l'esprit de sacrifice est, chez lui, presque illimité. Ce serait une grave faute de le pousser à bout. Au lieu d'acculer à la grandeur d'une défense désespérée ce peuple aveuglé, tachez de lui ouvrir les yeux. Ce n'est pas impossible. Un patriote alsacien, qu'on ne peut taxer d'indulgence pour l'Allemagne, le D r Bûcher, de Strasbourg, me disait naguère que si l'Allemand est plein de préjugés orgueilleux, soigneusement cultivés par ses éducateurs, du moins on a toujours cette ressource avec lui de pouvoir discuter et que son esprit docile est accessible aux arguments. Je vous en donnerai un exemple : l'évolution secrète que je vois se produire dans la pensée de certains Allemands. Nombre de lettres allemandes que j'ai lues depuis un mois commencent à émettre des doutes angoissés sur la légitimité des actes accomplis par l'Allemagne en Belgique. J'ai vu ces inquiétudes se former peu à peu dans des consciences qui d'abord reposaient en la certitude de leur droit. La vérité lentement se fait jour. Qu'arrivera-t-il si sa lumière gagne et s'étend ? Portez-la dans vos mains! Qu'elle soit notre meilleure arme ! Comme les soldats de la Révolution, dont l'âme revit dans nos troupes, combattons non pas contre, mais pour nos ennemis. Et, délivrant le monde, délivrons-les aussi. La France ne brise pas de chaînes pour en imposer d'autres.

Vous pensez à la victoire. Je pense à la paix qui suivra. Car les plus belliqueux d'entre vous ont beau dire et, comme dans tel article, nous offrir la régalante promesse d'une guerre perpétuelle, « d'une guerre qui dure après la guerre, indéfiniment »... (Elle finira pourtant, faute de combattants !)... il faudra bien un jour que vous vous donniez la main, vous et vos voisins d'outre-Rhin, ne fût-ce que pour toper dedans, pour vos affaires; il faudra bien que vous repreniez ensemble des relations sup- portables et humaines : arrangez-vous donc de façon à ne pas les rendre impossibles l Ne brisez pas tous les ponts, puisqu'il nous faudra toujours traverser la rivière. Ne détruisez pas 'avenir. Une belle blessure bien franche, bien propre, se guérit; mais ne l'envenimez pas. Défendons-nous de la haine. S'il faut dans la paix préparer la guerre, comme dit la sagesse des nations, il faut aussi dans la guerre pré- parer la paix. C'est une tâche qui ne me semble pas indigne de ceux d'entre nous qui se trouvent en dehors du combat et qui par la vie de l'esprit, ont des liens plus étendus avec l'univers, — cette petite église laïque qui, mieux que l'autre aujourd'hui, garde sa foi en l'unité de la pensée humaine et croit que tous les hommes sont les fils du même Père. En tous cas, si une telle foi nous vaut d'être injuriés, ces injures sont un honneur, que nous revendiquons devant l'avenir.

IX

LES IDOLES

Depuis plus de quarante siècles, l'effort des grands esprits parvenus à la liberté a été de faire jouir leurs frères de ce bienfait, d'affranchir l'humanité, de lui apprendre à voir la réalité d'un œil sans peur et sans erreur, de regarder en soi sans faux orgueil et sans fausse humilité, de connaître ses faiblesses et ses forces pour les diriger, de se voir à sa place dans l'univers ; et sur sa route ils ont fait luire, comme l'étoile des mages, afin de l'éclairer, la lumière de leur pensée ou celle de leur vie.

Leur effort a échoué. Depuis plus de quarante siècles, l'humanité n'a point cessé de rester asservie — je ne dis pas à des maîtres (ils sont de l'ordre de la chair, je n'en parle pas ici ; et ces chaînes d'ailleurs se brisent tôt ou tard) — mais aux fantômes de son esprit. Sa servitude est en elle. On s'épuise à trancher les liens qui l'enserrent. Elle les renoue aussitôt pour mieux se ligoter. De chaque libérateur elle se fait un maître, et de chaque idéal qui devait l'affranchir elle fabrique aussitôt une idole grossière. L'histoire de l'humanité est l'histoire des idoles et de leurs règnes successifs. Et l'on dirait qu'à mesure que l'humanité vieillit, le pouvoir de l'idole est plus vaste et plus meurtrier. D'abord, ce furent les divinités de bois, de pierre ou de métal. Celles-là n'étaient pas du moins à l'abri de la hache ou du feu. D'autres vinrent ensuite que rien ne pouvait atteindre, car elles étaient sculptées dans l'esprit invisible ; et toutes aspiraient pourtant au royaume matériel. Pour leur domination, les peuples ont répandu le meilleur de leur sang. Idoles des religions, idoles des patries, idole de la liberté que les armées sans-culotte firent régner sur l'Europe à coups de canon!... Les maîtres ont changé, les esclaves sont les mêmes. Notre siècle a fait connaissance avec deux espèces nouvelles : l'idole de la race, qui, sortie de rêves généreux est devenue dans les laboratoires de savants à lunettes le Moloch que l'Allemagne de 1870 a lancé contre la France, et que ses adversaires semblent vouloir reprendre contre l'Allemagne d'aujourd'hui; — et la dernière venue, le produit authentique de la science germanique fraternellement unie aux labeurs de l'industrie, du commerce et de la maison Krupp : l'idole de la Kullur, entourée de ses lévites, les penseurs de l'Allemagne. Le trait commun au culte de toutes les idoles est l'adaptation d'un idéal aux mauvais instincts de l'homme. L'homme cultive les vices qui le légitime; il ne veut pas les sacrifier : il faut qu'il les idéalise. C'est pourquoi le problème auquel il n'a cessé de travailler, au cours des siècles, a été de mettre d'accord son idéal avec sa médiocrité. Il y est toujours arrivé. La foule n'y a point de peine ; elle juxtapose l'un à l'autre ses vertus et ses vices, son héroïsme et sa méchanceté. La force de ses passions et le flot rapide des jours qui l'emporte lui font oublier son manque de logique.

Mais l'élite intelligente ne peut se satisfaire à aussi bon compte. Non pas qu'elle soit, comme on le dit, moins passionnée. (C'est une grave erreur. Plus une vie est riche, plus elle offre d'aliment où la passion peut mordre; et l'histoire montre assez le paroxysme effrayant où a atteint parfois celle des grands religieux et des grands révolutionnaires). Mais ces ouvriers de l'esprit aiment l'ouvrage soigné et répugnent à la forme de pensée populaire, qui saute à tout instant des mailles du raisonnement. Il leur faut refaire un tricot plus serré, où instincts et idées, coûte que coûte, s'enroulent en un tissu sans trous. Ils en viennent ainsi à de monstrueux chefs-d'œuvre. Donnez à un intellectuel n'importe quel idéal et n'importe quelle mauvaise passion, il trouvera toujours moyen de les ajuster ensemble. L'amour de Dieu, l'amour des hommes, ont été invoqués pour brûler, tuer, piller. La fraternité de 93 fut sœur de la sainte guillotine. Nous avons vu, de notre temps des hommes d'Église chercher, trouver dans l'Évangile la légitimation de la banque ou celle de la guerre. Il n'y a pas un mois qu'un pasteur wurtembergeois établissait que ni Jean-Baptiste, ni Jésus, ni les apôtres n'avaient entendu supprimer le militarisme. Un intellectuel habile est un prestidigitateur de la pensée... *Rien dans les mains, rien dans les manches !...* Le glorieux est de faire sortir d'une pensée son contraire, la guerre entre les hommes du Sermon sur la Montagne, ou, comme le professeur Ostwald, du rêve d'un internationalisme intellectuel la dictature militaire du Kaiser. Pour ces Robert-Houdin, ce n'est qu'un jeu d'enfants.

Reprenons, pour le dévoiler, les paroles de ce docteur Ostwald, qui s'est révélé, depuis quelques mois, comme le Baptiste du Messianisme au casque à pointe.

Voici l'idole d'abord, la Kultur (made in Germany) « avec un K majuscule, rectiligne et de quatre pointes, comme un cheval de frise », ainsi que me l'écrit Miguel de Unamuno. Tout autour, les petits dieux, qui sont issus de ses flancs : Kulturstaat, Kulturbund, Kulturimperium...

« Je vais — (c'est le docteur Ostwald qui parle) — je vais maintenant vous expliquer le grand secret de l'Allemagne. Nous, ou plutôt la race germanique, avons découvert le facteur de l'organisation. Les autres peuples vivent sous le régime de l'individualisme, alors que nous sommes sous celui de l'organisation. L'étape de l'organisation est une étape de civilisation plus élevée... »

Il est évident, n'est-ce pas? que comme tels missionnaires qui, pour porter la foi du Christ chez les peuples païens, se font suivre par une escadre et une colonne de débarquement qui installe aussitôt dans le pays idolâtre des comptoirs entourés d'une ceinture de canons, — l'intelligence allemande ne peut sans égoïsme garder ses trésors pour elle : elle est tenu d'en faire profiter l'univers...

« L'Allemagne veut organiser l'Europe, car ? Europe jusqu'ici n'a pas été organisée... Chez nous, tout tend à tirer de chaque individu un maximum de rendement dans le sens qui est le plus favorable pour la société. C'est là pour nous sa forme la plus élevée. »

Admirez cette façon de parler de la « culture » humaine, comme s'il s'agissait d'asperges et d'artichauts! — C'est ce bonheur et ces profits, ce « maximum de rendement», cette culture maraîchère, cette liberté des artichauts soumis à un savant forçage, dont le professeur Ostwald entend ne pas priver les autres peuples d'Europe. Et puisqu'ils sont assez peu éclairés pour ne pas s'y prêter avec enthousiasme, la guerre les fera participer, sous la forme de cette organisation, à notre civilisation plus élevée. »

Là-dessus, le chimiste-philosophe, qui est aussi politique et stratège à ses heures, brosse à grands traits un tableau des victoires de l'Allemagne et de l'Europe remaniée : États-Unis d'Europe sous la houlette du Kaiser cuirassé ; l'Angleterre écrasée, la France désarmée, la Russie dépecée... (Son collègue Haeckel complète ce riant exposé, en partageant la Belgique, l'Empire Britannique et la France du Nord : — ainsi bavardait Perrette, avant son pot cassé). Ni Haeckel, ni Ostwald ne nous disent (c'est dommage) si leur plan comportait, pour l'établissement de « leur civilisation plus élevée », la ruine des halles d'Ypres, de la bibliothèque de Louvain et de la cathédrale de Reims. Retenons seulement, après toutes ces conquêtes, partages, dévastations, ce mot prodigieux, dont certainement Ostwald n'a pas senti la sinistre bouffonnerie digne d'un Molière:

« Vous savez que je suis un pacifiste... »

Si exaltés que soient les grands pontifes d'un culte, l'expression de leur foi conserve encore une certaine retenue diplomatique, dont ne s'inquiète plus le reste du clergé. Ainsi, des Kulturmenschen. Le zèle des lévites doit plus d'une fois gêner, par sa franchise intempérante, Moïse et Aaron, — Haeckel et Ostwald.

Je ne sais ce qu'ils pensent de l'article de Thomas Mann, paru dans le numéro de novembre de la Neue Rundschau : Gedanken imKriegey. Mais je sais bien ce qu'en penseront les intellectuels français : l'Allemagne ne pouvait leur offrir d'arme plus terrible contre elle.

Mann, dans un accès de délire d'orgueil et de fanatisme irrité, s'acharne à parer l'Allemagne des pires accusations qu'on ait portées contre elle. Alors un Ostwald essaie d'identifier la cause de la Kultur et celle de la civilisation, Mann proclame : « Il n'y a rien de commun entre elles : la guerre qui se livre est celle de la Kultur (c'est-à-dire de l'Allemagne) contre la civilisation »; et poussant la forfanterie d'orgueil jusqu'à la démence, il définit la civilisation par la raison Vernunft, Aufklàrung, la douceur Sanftigung, Sitligung, l'esprit Auflô- sung Geitf, — et la Kultur par « une organisation spirituelle du monde », qui n'exclut pas « la sauvagerie sanglante. » La Kultur est « la sublimation du Démoniaque » (die Sublimie- rung des Dâmonischen). Elle est « au-dessus de la morale, de la raison, de la science ».

Et tandis qu'un Ostwald, un Haeckel, ne voient dans le militarisme qu'un instrument, une arme, dont la Kultur se sert pour la victoire, Thomas Mann affirme que la Kultur et le militarisme sont frères, que l'idéal de l'un et l'idéal de l'autre sont une seule et même chose, qu'ils ont le même principe, que leur ennemi est le même, et que cet ennemi est la paix, cet ennemi est l'esprit. Il ose enfin se faire et faire à sa patrie un étendard de ces vers : « La loi est l'ami dei faibles, elle voudrait aplatir le monde; mais la guerre fait surgir la force... »

Dos Gesetz ist der Freund des Schwachen,

Mochte gern die Welt verflachen,

Aber der Krieg lasst die Kraft erscheinen...

Dans cette surenchère criminelle de violence, Thomas Mann lui-même a été dépassé. Ostwald prêchait la victoire de la Kultur, au besoin par la force. Mann démontrait que la Kultur est la force. Il devait se trouver un homme, pour rejeter les derniers voiles de la pudeur et dire : « La force seule. Silence au reste! » — On a lu des extraits de l'article cynique où Maximilian Harden, traitant de pauvres mensonges les efforts éperdus de son gouvernement pour excuser la violation de la neutralité belge, a osé écrire :

« A quoi rime ce tapage?... La force crée pour nous le droit. . . Un puissant s'est-il jamais soumis aux folles prétentions, à la sentence d'une bande de faibles?...»

Quel symptôme de la démence où l'orgueil et la lutte ont jeté l'intelligence allemande, et de l'anarchie morale de cet Empire, dont l'organisation n'est imposante qu'aux yeux de ceux qui ne vont pas plus loin que la façade! Car qui ne voit la faiblesse d'un gouvernement qui bâillonne sa presse socialiste et qui tolère un démenti aussi insultant? Et qui ne voit surtout que de telles paroles diffament l'Allemagne pour des siècles, devant l'univers?... Ces pauvres intellectuels s'imaginent qu'avec leur étalage de Nietzschéisme et de Bismarckisme forcenés ils font de l'héroïsme et en imposent au monde! Ils ne font que le révolter. Ils veulent qu'on les croie ! On ne les croit que trop. On ne demande qu'à les croire. Et l'Allemagne tout entière sera rendue responsable du délire de quelques écrivains. L'Allemagne n'aura pas eu d'ennemis plus funestes que ses intellectuels.

Je n'y mets pas de parti pris. Je ne suis pas fier non plus des intellectuels français. L'idole de la race, ou de la civilisation, ou de la latinité, dont ils font tant abus, ne me satisfait pas. Je n'aime aucune idole, — même celle de l'humanité. Du moins, celles que servent les miens offrent moins de dangers; elles ne sont pas agressives; et d'ailleurs, il subsiste même chez les plus exaltés de nos intellectuels un fond de sens commun qui leur vient du terroir et dont ceux d'Allemagne dont je viens de parler semblent avoir perdu jusqu'aux dernières gouttes. Mais il faut bien le dire, ni d'un côté ni de l'autre, ils n'ont fait grand honneur à l'intelligence, ils n'ont pas su la défendre contre les souffles de violence et de folie. Une grande parole d'Emerson s'applique à leur déroute:

« Nothing is more rare in any man than an act of his own. » (« Rien n'est plus rare dans un homme qu'un acte qui vient de lui, en propre. »)

Leurs actes et leurs écrits leur sont venus des autres, du dehors, de l'opinion publique aveugle et menaçante. Je ne veux pas faire tort à ceux qui ont dû se taire, soit qu'ils fussent à l'armée, soit que la censure qui règne dans les pays en guerre leur ait imposé silence. Mais la faiblesse inouïe avec laquelle les chefs de la pensée ont partout abdiqué devant la folie collective, a bien prouvé qu'ils n'étaient pas des caractères.

Certains passages de mes livres, un peu paradoxaux, m'ont fait accuser parfois d'être un antiintellectuel : ce qui serait absurde pour qui a, comme nous, donné sa vie au culte de la pensée. Mais il est vrai que l'intellectualisme m'a paru trop souvent une caricature de la pensée, une pensée mutilée, déformée, pétrifiée, impuissante non seulement à dominer le spectacle de la vie, mais même à le comprendre ; et les événements d'aujourd'hui m'ont donné plus raison que je ne l'eusse souhaité. L'intellectuel vit trop dans le royaume des ombres, dans le royaume des idées. Les idées n'ont aucune existence par elles-mêmes, mais par les expériences ou par les espérances qui peuvent les remplir : ce sont des résumés ou bien des hypothèses, des cadres pour ce qui fut ou pour ce qui sera, des formules commodes, des formules nécessaires;

on ne peut s'en passer pour vivre et pour agir. Mais le mal est qu'on en fait des réalités opprimantes; et nul n'y contribue autant que l'intellectuel, qui en use par métier, et qui, par déformation professionnelle, est toujours tenté de leur subordonner les choses réelles. Que vienne, par surcroît, une passion collective qui achève de l'aveugler, elle se coule dans l'idée qui peut le mieux la servir, elle lui transfuse son sang; et l'autre la magnifie. Et rien ne subsiste plus dans l'homme qu'un fantôme de son esprit, où sont associés le délire de son cœur et celui de sa pensée. De là que les intellectuels, dans la crise actuelle, non seulement aient été plus que d'autres livrés à la contagion guerrière, mais qu'ils aient contribué prodigieusement à la répandre. J'ajoute (c'est leur punition) qu'ils en restent plus longtemps victimes : car tandis que les simples gens, soumis à l'épreuve incessante de l'action journalière et de leurs expériences, se modifient avec elles et le font sans remords, les intellectuels se trouvent liés dans le filet dd leur esprit, et chacun de leurs écrits leur est un lien de plus. Aussi, quand déjà nous voyons les soldats de toutes les armées, en qui se fond de jour en jour l'Acre fumée de la haine et qui d'une tranchée à l'autre, fraternisent, les écrivains redoublent d'arguments furieux. Prophétisons sans peine qu'alors qu'entre les peuples sera éteint le souvenir de cette guerre insensée, ses rancunes couveront encore dans le cœur des hommes de pensée...

Qui brisera les idoles ? Qui ouvrira les yeux à leurs sectateurs fanatiques ? Qui leur fera comprendre qu'aucun Dieu de leur esprit, religieux ou laïque, n'a le droit de s'imposer par la force aux autres hommes, même s'il semble le meilleur, ni de les mépriser? En admettant que votre Kultur fasse pousser sous votre engrais germanique la plante humaine plus grasse, plus abondante, qui vous donne le droit d'en être les jardiniers ? Cultivez votre jardin, nous cultivons le nôtre. Il est une fleur sacrée, pour laquelle je donnerais tous les produits de votre flore domestiquée : c'est la violette sauvage de la liberté. Vous ne vous en souciez pas, vous la foulez aux pieds. Maïs elle ne mourra point, elle durera plus longtemps que vos chefs-d'œuvre de casernes et de serres; elle ne craint point la bise, elle a affronté d'autres tempêtes que celle d'aujourd'hui ; elle pousse sous les ronces et sous les feuilles mortes...

Intellectuels d'Allemagne, intellectuels de France, labourez et semez les champs de votre esprit; mais respectez celui des autres. Avant d'organiser le monde, vous avez beaucoup à faire d'*organiser* votre monde intérieur. Tâchez, s'il est possible, d'oublier un instant vos idées et voyez-vous vous-mêmes. Et surtout, voyez-nous ! Champions de la *Kultur* et de la civilisation, de la race germanique et de la latinité, ennemis, amis, regardons-nous dans les yeux… Mon frère, n'y vois-tu pas un cœur semblable au tien, et les mêmes souffrances et les mêmes espérances, et le même égoïsme et le même héroïsme, et ce pouvoir de rêve qui refait constamment sa toile d'araignée ? *Ne vois-tu pas que tu es moi ?* disait le vieil Hugo à un de ses ennemis…

Le vrai intellectuel, le vrai intelligent, est celui qui ne fait pas de soi et de son idéal, le centre de l'univers, mais qui, regardant autour, voit, comme dans le ciel le flot de la Voie Lactée, les milliers de petites flammes qui coulent avec la sienne, et qui ne cherche ni à les absorber, ni à leur imposer sa route, mais à se pénétrer religieusement de leur nécessité à toutes et de la source commune du feu qui les alimente. L'intelligence de la pensée n'est rien sans celle du cœur. Et elle n'est rien non plus sans le bon sens et l'esprit, — le bon sens, qui montre à chaque peuple, à chaque être son rang dans l'univers, — l'esprit, qui est le juge de la raison hallucinée, le soldat qui, derrière son char au Capitole, rappelle à César triomphant qu'il est chauve.

Journal de Genève, 4 décembre 1914

X

POUR L'EUROPE

UN MANIFESTE DES ÉCRIVAINS ET PENSEURS DE CATALOGNE

Les passions nationales triomphent. Depuis cinq mois, elles déchirent notre Europe. Elles pensent l'avoir bientôt détruite et effacer son image dans le cœur des derniers qui lui restent fidèles. — Elles se trompent. Elles ont ranimé la foi que nous avions en elle. Elles nous ont fait connaître son prix et notre amour. Et d'une patrie à l'autre, nous avons découvert nos frères inconnus, les fils de la même mère, qui, à l'heure où elle est reniée, se vouent à sa défense.

Aujourd'hui, c'est une voix qui nous vient de l'Espagne, des penseurs catalans. Transmettons l'appel de cette cloche de Noël, que le vent nous apporte des rivages méditerranéens. Un autre jour, nous entendrons les cloches de l'Europe du Nord. Et bientôt elles se fondront en un même concert. — L'épreuve est bonne. Remercions-la. Ils ont uni nos mains, ceux qui voulaient nous séparer.

31 décembre 1914

MANIFESTE DES AMIS DE L'UNITÉ MORALE DE L'EUROPE

Aussi loin de l'internationalisme amorphe que de tout localisme étroit, un groupe d'intellectuels s'est constitué à Barcelone, pour affirmer leur croyance irréductible en l'unité morale de l'Europe et pour servir cette croyance, autant que le permet le tragique étouffement des circonstances actuelles.

Le principe dont nous partons est que la terrible guerre qui déchire aujourd'hui le cœur de notre Europe constitue, par définition, une guerre civile.

Une guerre civile ne veut pas dire précisément une guerre injuste. Mais alors il faut qu'elle soit justifiée par un conflit entre de grands intérêts idéaux. Et si l'on désire le triomphe de l'un d'eux, ce doit être pour la totalité de la république européenne et pour son bénéfice

60/98

général. Il ne peut donc être permis à aucun des partis aux prises de travailler à la destruction complète de l'adversaire. Il est encore moins légitime de partir de la criminelle hypothèse qu'un quelconque des partis se trouve déjà exclu, de fait, de la communauté supérieure.

Et pourtant nous avons eu la douleur de voir ses assertions admises, propagées avec furie, — et pas toujours dans les milieux vulgaires, ni par des voix dépourvues d'autorité. Durant trois mois, il a paru que notre idéal européen faisait naufrage. Mais une réaction commence à se dessiner. Mille indices nous assurent qu'au moins dans l'ordre de l'esprit les vents vont s'apaiser et que bientôt renaîtront dans les meilleures consciences les valeurs éternelles.

Nous nous proposons de collaborer à cette réaction, de contribuer à la faire connaître et, dans la mesure de nos forces, à la faire triompher. Nous ne sommes pas seuls. Nous avons avec nous, dans tous les lieux du monde, les aspirations ardentes des esprits clairvoyants et les vœux tacites des milliers d'hommes de bonne volonté, qui, par-dessus leurs sympathies et leurs préférences personnelles, savent rester fidèles à la cause de cette unité morale.

Et nous avons surtout, dans les lointains de l'avenir, l'appréciation des hommes qui demain, jugeront bonne l'œuvre modeste à laquelle nous nous vouons aujourd'hui.

Pour commencer, nous nous efforcerons de donner la plus grande publicité possible à la notice de tous les faits, déclarations et manifestations se produisant dans les pays belligérants comme dans les pays neutres où se révèle un effort pour faire revivre un sentiment de synthèse supérieure et d'altruisme généreux.

Plus tard, nous pourrons agrandir notre action et la mettre au service de nouvelles entreprises.

À notre presse, à nos concitoyens, qu'un peu d'attention pour ces palpitations de la réalité, un peu de respect pour les intérêts d'une humanité supérieure, un peu d'amour pour les grandes traditions et les riches possibilités de *l'Europe une*.

Barcelone, 27 novembre 1914

61/98

XI

POUR L'EUROPE

UN APPEL DE LA HOLLANDE

AUX INTELLECTUELS DE TOUTES LES NATIONS

Dans un article récent, où je présentais aux lecteurs du *Journal de Genève* le beau manifeste des intellectuels catalans *Pour l'Unité morale de l'Europe*, j'annonçais qu'après ces voix du Midi méditerranéen je ferais entendre celles du Nord. Voici, parmi ces dernières, la voix de la Hollande :

Le *Nederlandsche Anti-Oorlog Raad* (Conseil néerlandais contre la guerre) est l'essai le plus important peut-être qui ait été fait dans ces derniers mois pour grouper les pensées pacifistes. Tout en reconnaissant la valeur des efforts accomplis depuis quelques années en faveur de la paix, le N. A. O. R. est convaincu que « tout ce travail aurait pu être beaucoup plus efficace et même qu'il aurait pu prévenir le désastre actuel, si l'on s'y était mieux appliqué ». Il y a eu défaut de coopération, gaspillage d'énergies, manque de pénétration dans la masse du peuple. Il s'agit de savoir si l'on ne remédiera pas à ce vice intérieur. « La tragédie mondiale de rivalité continuera-telle même dans le mouvement pacifiste, ou cette guerre apprendra-t-elle à ceux qui la combattent la nécessité d'une organisation et d'une préparation énergique? »

C'est à cette tâche que s'est voué le *N.A.O.R.* Fondé le 8 octobre 1914, il avait réussi, le 15 janvier, à grouper l'adhésion de 350 sociétés hollandaises (sociétés officielles, politiques, de tous les partis, religieuses, intellectuelles, ouvrières) et ses manifestes réunissent les signatures de plus d'une centaine de noms, parmi les plus illustres des Pays-Bas : hommes d'État, prélats, officiers, écrivains, professeurs, artistes, industriels, etc. Il représente donc une force morale considérable.

Disons tout de suite que le *N. A. O. R.* ne vise pas à la fin immédiate de la guerre par une paix à tout prix. D'une part (il le dit lui-même), « il ne se fait pas une idée présomptueuse de ses forces; il n'a pas une confiance naïve dans des formules de paix vagues, ni même dans des obligations mutuelles bien définies. La guerre universelle d'aujourd'hui lui a, hélas! Beaucoup appris aussi sous ce rapport. » Et d'ailleurs, il se rend bien compte qu'une paix à tout prix, dans les conditions actuelles, ne serait que la consécration de l'injustice. Les grandes réunions publiques, qu'il a organisées, le 15 décembre, dans les chefs-lieux des provinces des Pays-Bas, ont été unanimes à déclarer qu'une telle paix ne semblait ni possible, ni même désirable. J'ajouterai que certains des vœux du *N. A. O. R.* indiquent, avec toute la réserve que lui imposent son attitude de neutralité et son désir profond d'impartialité, la direction de ses sympathies intérieures, comprimées. Notamment, celui-ci :

« Pour la réparation du dommage causé par cette guerre au règne du droit dans les relations entre États. S'incliner devant le droit, soit coutumier, soit codifié dans des traités, est un devoir, même faute de sanction. On aura beau réformer : s'il n'y a pas de respect pour le droit ni foi à la parole donnée, on ne peut espérer une paix durable. »

L'objet du *N. A. O. R.* est surtout d'étudier les conditions dans lesquelles pourra être réalisée une paix juste, humaine et durable, qui assure à l'Europe un long avenir de tranquillité féconde, de travail en commun, — et d'y intéresser l'opinion publique de toutes les nations. Sans analyser ici, faute de place, les divers manifestes publiés, *l'Appel au peuple néerlandais (octobre 1914), ou l'Appel pour la coopération et la préparation à la paix*, sorte d'essai de mobilisation des armées pacifistes (novembre) — dont les idées se rencontrent sur beaucoup de points avec celles de l'Union of democratic control (Abolition du système de diplomatie secrète, et part plus grande des Parlements aux affaires étrangères ; — prohibition des industries particulières de fabrications d'armes; — établissement du principe élémentaire de droit des peuples, qu'aucun pays ne peut être annexé sans le consentement librement exprimé des populations), — je me contenterai de publier celui de ces manifestes qui s'adresse aux penseurs, écrivains, artistes et savants de toutes les nations : car nous y trouvons un appui pour la tâche que nous poursuivons nous-mêmes, en travaillant à maintenir la pensée européenne à l'abri des ravages de la guerre, et en ne cessant de lui rappeler son plus haut devoir qui est, même dans les pires tempêtes des passions, de sauvegarder l'union spirituelle de l'humanité civilisée.

NEDERLANDSGHE ANTI-OORLOG RAAD

« Immédiatement après que la guerre européenne eut éclaté, différents groupes d'intellectuels des nations combattantes ont plaidé le bon droit de leur pays en des manifestes et des brochures qu'ils ont fait répandre abondamment dans les pays neutres : à côté de la guerre par l'épée, ils livrent une guerre non moins violente par la plume. Ces écrits sont parvenus aux soussignés, tous sujets d'un pays neutre. Ils en ont pris connaissance avec un vif intérêt : ils ont pu se former ainsi une idée plus nette de l'état d'esprit des intellectuels des nations combattantes et de leurs opinions sur les origines et le caractère de la guerre actuelle. Ils ne sont pas étonnés que les porte- paroles des puissances aux prises soient tous également convaincus d'avoir le droit de leur côté. Ils ne le sont pas davantage que ces hommes soient si impérieusement poussés à plaider leur bon droit auprès des neutres. En effet, dans une lutte aussi épouvantable, il est psychologiquement nécessaire pour tous les peuples en guerre qu'ils aient une foi absolue en la justice de leur cause, et il est naturel qu'ils désirent ardemment témoigner de cette foi devant d'autres. Seule, une confiance inébranlable en la certitude absolue de leur cause peut les préserver de fléchir ou de se décourager dans ce combat furieux.

« Mais c'est avec une douleur sincère que nous avons dû constater qu'en presque tous ces écrits manquait jusqu'au moindre effort pour être juste envers l'adversaire, et qu'ordinaire- ment on attribuait à celui-ci les motifs les plus pervers et les plus odieux. Nous respectons la conviction des nations belligérantes qu'elles combattent pour une cause juste. Alors même que nous aurions déjà formé notre opinion propre sur les origines de cette guerre, nous jugerions inopportun d'opposer à présent les opinions et les arguments les uns aux autres. Ce doit être réservé pour plus tard, quand un examen scientifique en pourra peser tranquillement la valeur, quand les passions nationales se seront apaisées et que le jugement de l'histoire pourra être écouté avec calme. « Cependant, nous estimons de notre devoir et nous considérons comme un avantage de notre qualité de neutres, de faire entendre notre voix contre un état de

64/98

choses qui entretient systématiquement une animosité permanente entre les ennemis actuels. Tout en comprenant parfaitement que les événements surexcitent le sentiment national, nous croyons que le patriotisme ne doit pas exclure la capacité de reconnaître la valeur de l'adversaire, — que la juste conscience des vertus d'un peuple ne doit pas impliquer Terreur que le peuple ennemi a tous les vices, — que la conviction dans la justice d'une cause ne doit pas faire oublier que l'adversaire ressent aussi fortement la même conviction. « Si tel peuple est l'ennemi d'un autre, c'est (qu'on ne l'oublie pas) pour des rapports politiques; et ces rapports changent suivant des circonstances que nul ne peut prévoir. L'ennemi d'aujourd'hui sera peut-être l'allié de demain. La façon dont l'on traite l'adversaire dans la presse des puissances belligérantes menace d'éterniser la haine la plus atroce. Aux maux qui sont déjà la conséquence immédiate de la guerre s'ajoutera encore ce malheur déplorable que la coopération des nations, désormais ennemies, sera entravée, sinon rendue impossible pour longtemps, dans les arts, dans les sciences, dans tous les travaux de la paix. Et pourtant, après cette guerre, il faudra bien que le temps vienne où les peuples devront reprendre leurs relations tant sociales qu'intellectuelles. — Moins on aura proféré d'accusations violentes de part et d'autre, moins on aura flétri le caractère d'un autre peuple, moins on aura suscité d'animosité persistante, et plus il sera facile de renouer plus tard les fils rompus des relations internationales. Mais qui soulève la haine, qui, en paroles ou en écrits, invective l'adversaire et déchaîne les passions nationales, est responsable de la prolongation de cette guerre affreuse.

« C'est pourquoi les soussignés font appel à tous, surtout à ceux qui appartiennent aux peuples belligérants, pour qu'ils s'abstiennent, en paroles et en écrits, de tout ce qui peut exciter une haine permanente. Ils adressent cet appel en premier lieu à ceux qui ont la charge de diriger l'opinion publique dans leur patrie, aux hommes de science et d'art, à ceux qui depuis longtemps savent que, dans tous les pays civilisés, il est des hommes qui ne pensent pas autrement qu'eux sur la morale et sur le droit. Puissent les guides de toutes les nations, comme l'a dit naguère un homme d'État néerlandais, ne pas songer seulement en ces jours à ce qui les sépare, mais à ce qui les unit! »

Journal de Genève, 15 février 1915

XII

LETTRE À FRÉDÉRIC VAN EEDEN

12 janvier 1915

Mon cher ami,

Vous m'offrez l'hospitalité de votre journal *De Amsterdammer*. Je vous remercie et j'accepte. Il fait bon se grouper entre âmes libres qui se défendent contre les passions des nationalismes déchaînés. Dans l'abominable mêlée où les peuples qui se ruent les uns contre les autres déchirent notre Europe, sauvons au moins le drapeau et rassemblons-nous autour. Il s'agit de reformer une opinion publique européenne. C'est la tâche la plus urgente. Parmi ces millions d'hommes qui ne savent être qu'Allemands, Autrichiens, Français, Russes, Anglais, etc., etc., efforçons-nous d'être *des hommes*, qui, par-delà les intérêts égoïstes des nations éphémères, ne perdent pas de vue ceux de la civilisation humaine tout entière, — cette civilisation que chaque race identifie criminellement avec la sienne, pour détruire celle des autres. Je voudrais que votre fier pays, qui a su toujours défendre son indépendance politique et morale, entre les blocs énormes des grands États qui l'entourent, pût devenir, en ces jours, le cœur de l'Europe idéale, en qui nous avons foi, — le foyer où se concentreront les volontés de ceux qui aspirent à la reconstituer.

Il en est, de toutes parts, qui s'ignorent mutuellement. Connaissons-les et aidons-les à se connaître. Je vous en présente aujourd'hui deux groupes importants, — dont l'un nous vient du Nord et l'autre du Midi : — les intellectuels catalans, qui ont fondé à Barcelone la société des Amis de V Union morale de V Europe (je vous envoie leur beau manifeste), et V Union of Démocratie Control, qui a surgi à Londres de l'indignation causée par cette guerre européenne et de la volonté ferme que les diplomaties et les partis militaires soient mis dans l'impossibilité d'en provoquer jamais une seconde. Je vous en fais envoyer les pro- grammes et les premières publications. Cette Union, qui compte dans son Conseil général des

67/98

membres du Parlement et des écrivains comme Israël Zangwill, Norman Angell, Vernon Lee, a déjà des ramifications dans vingt villes de la Grande-Bretagne.

Entre ces organisations, dont chacune a sa couleur de race et sa physionomie individuelle, mais qui toutes visent à rétablir, par des moyens divers, l'unité européenne, tâchons de former des liens intimes et permanents. Prenons conscience, avec elles, de notre force commune. Ensuite, nous agirons. Quelle sera notre action? De tenter d'arrêter le combat? Il n'y faut plus songer. La bête est lâchée, et les gouvernements se sont si bien appliqués à déchaîner les violences et les haines que, quand ils le voudraient à présent, ils ne pourraient plus la faire rentrer dans le chenil. L'irréparable est accompli. Il est possible que les neutres d'Europe et les États-Unis d'Amérique se décident un jour à s'interposer pour essayer de mettre fin à une guerre qui, en s'éternisant, menace de les ruiner, aussi bien que les belligérants. Mais je ne sais ce qu'il l'attend de cette intervention, trop tardive.

En tous cas, je vois un autre emploi à notre activité. Que la guerre soit ce qu'elle soit, nous n'y pouvons plus rien; mais nous devons au moins tâcher que de ce fléau sorte le moins de mal et le plus de bien possible. Et pour cela, il faut intéresser l'opinion publique du monde entier à ce que la paix future soit juste, à ce que les appétits du vainqueur, quel qu'il soit, et les intrigues de la diplomatie n'en fassent plus l'amorce d'une nouvelle guerre de revanche, à ce que les crimes moraux commis dans le passé ne se renouvellent plus, ou ne s'aggravent encore. C'est pourquoi je regarde comme un principe sacré ce premier état de l'Union of Democratic Control qu'aucun pays ne puis passer d'un gouvernement sous un autre, sans le consentement explicite, librement affirmé, de sa population. Il s'agit de faire justice des maximes odieuses qui ont trop longtemps pesé sur le monde esclave et que, récemment encore, le professeur Lasson osait répéter, comme une menace prochaine, dans son cynique catéchisme de la Force (Bas Kultur- ideal und der Krieg).

Et il faut que ce principe soit posé, tout de suite, sans attendre. Si l'on remettait, pour le proclamer, au moment où, la guerre finie, se réunira le Congrès des puissances, on serait suspect de vouloir faire servir la justice au profit du vaincu. C'est à présent, où les forces des deux partis sont égales, qu'il faut établir ce droit primordial, qui plane au-dessus de toutes les armées.

De ce principe découle une application immédiate. Puisque l'Europe tout entière est bouleversée, qu'on en profite pour faire de l'ordre dans cette maison malpropre. Depuis longtemps on a laissé s'accumuler les injustices. C'est le moment de les réparer, quand viendra l'heure de la liquidation de comptes générale. Notre devoir, il est de tous ceux d'entre nous qui ont le sentiment de la fraternité humaine, est de rappeler alors les droits des petites nationalités opprimées. Il en est dans les deux camps : Sleswig, Alsace-Lorraine, Pologne, nations baltiques, Arménie, peuple juif. Au début de la guerre, la Russie a fait de généreuses promesses. La conscience du monde les a enregistrées. Qu'elle ne les oublie point ! Nous sommes solidaires aussi bien de la Pologne écartelée entre les serres des trois aigles impériales que de la Belgique crucifiée. Tout se tient. C'est parce que nos pères ont laissé, par réalisme borné et par peureux égoïsme, violer les droits des peuples de l'Europe orientale, qu'aujourd'hui l'Occident est broyé et la menace suspendue sur tous les petits peuples, sur le vôtre, mes amis, comme sur celui dont je suis l'hôte, sur la Suisse. Qui fait tort à l'un d'eux fait tort à tous les autres. Unissons-nous ! Au-dessus de toutes les questions de races, qui ne sont le plus souvent qu'un mensonge sous lequel se dissimulent l'orgueil de la multitude et l'intérêt de castes financières ou féodales, il y a une loi humaine, éternelle, universelle, dont nous devons tous être les serviteurs et les défenseurs : c'est celle du droit des peuples à disposer d'eux- mêmes. Et qui viole cette loi, qu'il soit l'ennemi de tous !

XIII

NOTRE PROCHAIN, L'ENNEMI

15 mars 1915

Tandis que l'ouragan de la guerre continue de faire rage, déracinant les âmes les plus Termes et les entraînant dans son tourbillon furieux, je continue mon humble pèlerinage, cherchant à découvrir sous les ruines les rares cœurs restés fidèles à l'ancien idéal de la fraternité humaine. Quelle joie mélancolique j'ai à les recueillir, à leur venir en aide ! Je sais que chacun de leurs efforts, comme les miens, chacune de leurs paroles d'amour soulève et retourne contre eux l'inimitié des deux camps ennemis. Les combattants aux prises sont d'accord pour haïr ceux qui refusent de haïr. L'Europe est devenue telle qu'une ville assiégée. La fièvre obsidionale y règne. Qui ne veut point délirer comme les autres est suspect. Et dans ces temps pressés où la justice ne s'attarde point à étudier les procès, tout suspect est un traître. Qui s'obstine à défendre, au milieu de la guerre, la paix entre les hommes, sait qu'il risque pour sa foi, son repos, sa réputation et ses amitiés mêmes. Mais que vaudrait une foi pour qui on ne risque rien ?

Certes, elle est mise à l'épreuve en ces jours dont chacun nous apporte l'écho retentissant de violences, d'injustices, de cruautés nouvelles. Mais ne le fut-elle pas davantage aux temps où elle fut confiée aux pêcheurs de Judée par celui que l'humanité prétend révérer toujours — des lèvres plus que du cœur? Les flots de sang, les villes incendiées, toutes les atrocités de l'action et de la pensée n'effaceront jamais dans nos âmes tourmentées le sillage lumineux delà barque de Galilée, ni les vibrations profondes des grandes voix qui, à travers les siècles, proclamèrent la raison patrie de tous les hommes. Il vous plaît de les oublier et de dire (comme le font tels de vos écrivains qui sonnent de la trompette) que de cette guerre date une ère nouvelle du monde, un boule- versement de toutes les valeurs et que d'elle seulement commenceront de compter tous les mérites à venir ? C'est le langage de tous les passionnés... La passion passe. La raison reste La raison et l'amour. — Continuons d'er chercher, parmi les décombres ensanglantés, les jeunes pousses nouvelles.

Le bien que nous fait au cœur, en ces jours frissonnants de mars capricieux, la vue des premières fleurs qui pointent de la terre, je le ressens quand je trouve, perçant la croûte glacée de haine dont l'Europe se recouvre, de grêles et vaillantes fleurs do pitié humaine. Elles attestent que la chaleur de vie persiste, ou fond du sol, que l'amour fraternel persiste au fond des peuples et que rien ne l'empêchera bientôt de ressurgir.

J'ai, à diverses reprises, montré dans les pays neutres des refuges de cet esprit européen, qui semble pourchassé des pays belligérants par les armées de la plume, plus féroces que les autres : car elles ne risquent rien. Les efforts faits en Hollande ou en Espagne pour tâcher de sauver l'unité morale de l'Europe, l'ardente charité, l'assistance inlassable que la Suisse prodigue aux malheureux, aux prisonniers, aux blessés, aux victimes de l'un et de l'autre camps, sont un grand réconfort pour les âmes oppressées qui, par tous les pays, suffoquent dans l'atmosphère de haine qu'on leur impose et aspirent à un air plus pur. Mais je trouve plus belles encore et plus touchantes les manifestations, dans les pays belligérants (si rares, si chétives soient-elles) d'entraide fraternelle entre amis et ennemis.

S'il est deux peuples entre qui la guerre actuelle semble avoir creusé un abîme de rancunes et de malentendus, c'est l'Angleterre et l'Allemagne. Les écrivains et publicistes allemands, dont le mot d'ordre est de professer pour la France plus de sympathie apitoyée que d'animosité, et qui même s'efforcent de distinguer entre le peuple russe et son gouvernement, ont voué à l'Angleterre une haine immortelle, liasse England est devenu leur Delenda Cartago. Les plus modérés déclarent que la lutte ne peut finir que par l'anéantissement de la Seeherrschaft (domination des mers) britannique. Et la Grande-Bretagne n'est pas moins résolue à pousser le combat jusqu'à l'écrasement total du militarisme allemand. Or, c'est précisément entre ces deux nations qu'ont été noués et maintenus les plus nobles liens d'assis- tance mutuelle aux misères de l'ennemi.

Deux jours après la déclaration de guerre, était fondé à Londres par l'archevêque de Canterbury et par des personnalités connues, telles que J. Allen-Baker, R.Hon. W. H. Dickinson, membres du Parlement, lord et lady Courtney of Penwith, l'Emergency Community for the Assistance of Germans, Austrians and Hungarians in Distress (le Comité d'assistance aux Allemands, Autrichiens et Hongrois dans le besoin). Cette œuvre, qui rayonne sur une partie de l'Angleterre, s'occupe de payer les frais de rapatriement des civils sans ressources, d'accompagner dans leur voyage de retour les femmes et jeunes filles allemandes, d'hospitaliser dans des familles les Allemands pauvres et de leur trouver du travail. A la fin de décembre, près de 200.000 francs avaient été dépôt pour cet objet. Plusieurs sous-commissions visitent les camps de prisonniers, facilitent les moyens de correspondre entre pays belligérants, ou se sont chargées, pour Christmas, de paquets et 200 arbres de Noël. Une autre société anglaise, déjà existante avant la guerre, Society of friends of foreigners in distress, (la Société des amis d'étrangers dans le besoin), entretient régulièrement 1.500 familles allemandes et autrichiennes. Enfin, le bureau central de Londres de la Ligue universelle pour le droit de vote des femmes a rendu de grands services à des étrangères, en payant leur voyage de retour à 7 ou 800 femmes.

En Allemagne s'est fondé, à Berlin, un bureau analogue de renseignements et de secours pour les Allemands à l'étranger et les étrangers en Allemagne (Auskunfts — unà Hilfsstelle fur Deutsche imAusland unclAuslœnder in Deutschland). On trouve parmi ses membres des noms aristocratiques, des notabilités religieuses et universitaires : Frau Marie V. BùlowMœrlins, Hélène Graefin Harrach, Nora Freiin V. Schleinitz, les professeurs W. Foerster, D. Baumgarten, Paul Natorp, Martin Rade, Siegmund-Schultze, etc. A la tête est une femme d'un haut esprit religieux, la Dr Elisabeth RottenGomme on peut le penser, une œuvre de ce genre n'a pas été sans se heurter aux soupçons et aux oppositions nationalistes. Mais elle a passé outre, elle persiste; et voici en quels termes elle revendique sa haute mission, en face des aboyeurs du chauvinisme germanique :

« Depuis le commencement de la guerre, nous avons senti l'obligation de nous occuper des étrangers aux prises avec des difficultés, en Allemagne. Des efforts comme les nôtres sont aussi impopulaires dans notre pays que dans les autres pays. En un temps où le peuple allemand tout entier fait corps contre l'ennemi, il paraît à beaucoup superflu de rendre à ceux qui appartiennent aux États ennemis plus que les services de droit strict auxquels on est tenu. Mais ce n'est pas seulement la pensée des nôtres à l'étranger qui nous pousse à cette œuvre, c'est notre propre désir de rendre des services d'amis (Freundendienste) à ceux qui, sans leur faute, souffrent des suites de la guerre. Même en ces temps de guerre, il est notre prochain, quiconque a besoin de notre secours; et l'amour de l'ennemi (Feindesliebe) reste le signe de reconnaissance entre ceux qui gardent leur foi dans le Seigneur...

« Nous avons pu rassurer des familles allemandes sur le sort de leurs membres en pays ennemi, et donner en retour à des étrangers la certitude que les leurs, dans notre pays, s'ils ont besoin de secours, en peuvent trouver auprès de nous. Nous avons pu rendre les services du prochain (Nœchstendienstc) à d'innocents ennemis, en qui nous voyons des frères et des sœurs d'humanité... Au-dessus et au-delà de l'aide pratique que nous pouvons donner, ce nous est une consolation et un réconfort de pouvoir librement prêter l'oreille, même en une pareille époque, à la voix de l'humanité et de l'amour du prochain. Le tragique qui de tous côtés déborde sur la terre, qui remplit tout notre être d'un respect religieux devant la souffrance humaine, mais aussi d'un amour agissant et d'un besoin de se donner, élargit nos âmes et n'y laisse plus de place qu'à des sentiments d'affirmation et d'action bienfaisante.

« Notre soif de venir en aide et d'adoucir les peines ne connaît pas de frontières. Oui, ce besoin jaillit avec plus de force, là où nous retrouvons dans la souffrance la plus étrangère les traits de notre propre souffrance. Ce qui unit les hommes touche à des racines plus profondes de notre être que ce qui les sépare. Que nous puissions panser les blessures que nous sommes contraints de faire, et qu'il en soit de même en pays ennemi, nous est un gage des jours plus clairs qui luiront. Au milieu de la tourmente qui ruine autour de nous tant de choses que nous tenions dignes d'une éternelle durée, la possibilité d'une telle action cuirasse notre courage et nous donne l'espoir que de nouveaux ponts seront rebâtis, sur lesquels les hommes qui se trouvent maintenant éloignés s'uniront de nouveau, intimement, en un commun effort. »

Je dédie la lecture de ces saintes paroles à mes amis du peuple de France, qui si souvent m'ont écrit ou fait dire leur sympathie pour de telles pensées et leur foi persistante dans l'humanité. Je les dédie à tous ceux de France qui, même en ces jours de guerre, par leur justice d'esprit, par leur bonté de cœur contribuent à faire aimer la patrie, autant qu'elle se fait admirer par ses armes, — à ceux qui lui assurent ce nom que je lisais avec émotion sur une carte postale écrite hier, à son passage à Genève, par un « grand blessé » allemand rapatrié — le nom de gutes Frankreich, « bonne France », ou, comme disaient nos vieux écrivains au cœur tendre : « Douce France. »

Je profite de l'occasion pour recommander à mes lecteurs français l'œuvre de Mme Arthur Spitzer, à Genève : Le Paquet du prisonnier de guerre. Cette œuvre, qui a des correspondants à Paris, s'est fondée en novembre, « pour apporter un soulagement à la misère de ceux des prisonniers français, belges et anglais, que leurs familles sont dans l'impossibilité de secourir. » Elle engage tous ceux qui veulent envoyer un paquet à un parent ou ami prisonnier, à y joindre, autant que possible, un envoi semblable pour un autre prisonnier, un de leurs compatriotes sans parents, sans amis, sans ressources. Puisse cette belle pensée de solidarité s'élargir encore plus tard, en des temps plus humains, de telle sorte que chacun de ceux qui secourent un des leurs prisonnier veuille, en même temps, secourir un prisonnier ennemi! (journal de Genève 1911).

XIV

LETTRE AU JOURNAL

« SVENSKA DAGBLADET » DE STOCKHOLM

La pensée européenne de demain est aux armées. Les bruyants intellectuels qui s'insultent d'un camp à l'autre ne la représentent nullement. La voix des peuples qui reviendront de la guerre, après en avoir éprouvé l'atroce réalité, fera rentrer dans le silence ces hommes qui se sont révélés indignes d'être les guides spirituels du genre humain. Alors, parmi ceux-ci, plus d'un saint Pierre pleurera, entendant le chant du coq, et disant : « Seigneur, je t'ai renié ! »

Les destins de l'humanité l'emportent sur ceux de toutes les patries. Rien ne saura empêcher les liens de se reformer entre les pensées des nations ennemies. Celle qui s'y refuserait se suiciderait. Car par ces liens circule le flot de vie.

Mais ils n'ont jamais, au plus fort de la guerre, été rompus complètement. La guerre a même eu l'avantage douloureux de grouper à travers l'univers les esprits qui se refusent à la haine des nations. Elle a trempé leurs forces, elle a soudé en un bloc de fer leurs volontés. Ils se trompent, ceux qui pensent que les idées de libre fraternité humaine sont à présent étouffées! Elles se taisent, sous le bâillon de la dictature militaire (et civile) qui règne dans toute l'Europe. Mais le bâillon tombera, et elles feront explosion. Je souffre pour les millions d'innocentes victimes, aujourd'hui sacrifiées sur les champs de bataille. Mais je n'ai aucune inquiétude pour l'unité future de la société européenne. Elle se réalisera. La guerre d'aujourd'hui est son baptême de sang.

10 avril 1915

XV

LITTÉRATURE DE GUERRE

Depuis le commencement de la guerre, les intellectuels ont beaucoup fait parler d'eux, dans un camp comme dans l'autre. On pourrait presque dire que cette guerre est leur guerre, tant ils y ont apporté de passion forcenée.

Mais on n'a pas, semble-t-il, suffisamment remarqué que l'on n'entend les voix, à quelques exceptions près, que de ceux qui appartiennent aux générations âgées, les voix des Académies et des *Hochschulen*, des poètes primés, des chevronnés de la presse ou de l'Université, des vieille-garde de la littérature, des arts et de la science.

Pour la France, l'explication est simple. Presque tous ceux qui sont en état de porter les armes, jusqu'à l'âge de quarante-huit ans, ne parlent pas, agissent. Il n'en est pas tout à fait de même en Allemagne, où, comme on le verra, pour des causes diverses que je m'abstiendrai de démêler, une grande partie de la jeunesse littéraire est restée au foyer, et continue de publier. Ceux même qui sont au front trouvent moyen d'expédier à la rédaction des revues articles et poésies : (car la manie d'écrire est tenace, en Allemagne).

Il me paraît utile de chercher à connaître les courants d'esprit qui règnent dans cette jeune Allemagne intellectuelle.

C'est un fait constaté dans tous les pays que partout les sentiments les plus exaltés se sont manifestés chez les littérateurs ayant passé *el mezzo del cammino*. Nous en rechercherons la raison un autre jour. Pour l'instant, il nous suffit de le vérifier, une fois de plus, chez les écrivains allemands. Presque tous les poètes célèbres et couronnés, tous ceux qui étaient riches d'années et de renommée, dès la guerre lâchée, ont été emportés, comme une plume, par le courant. Le fait est d'autant plus curieux que certains jusque-là étaient les apôtres de la paix, de la pitié, de l'humanitarisme. Dehmel, l'ennemi de la guerre, l'ami de tous les hommes, Dehmel qui ne savait pas, disait-il, auquel de dix peuples il devait son cerveau, entonne des chants de bataille (*Schlachtenlieder*) et des chants du drapeau (*Fahnenlieder*), apostrophe l'ennemi, chante la mort, et la donne : (à cinquante et un ans, il apprend à manier une arme et s'engage contre les Russes). Gerhart Hauptmann, « le poète de l'amour parmi les hommes », comme l'appelle Fritz von Unruh, secoue sa neurasthénie pour appeler les hommes « à faucher l'herbe qui dégoutte de sang ». Franz Wedekind invective contre le tsarisme, Lissauer contre l'Angleterre. Arno Holz délire de frénésie. Petzold voudrait être dans toutes les balles qui entrent dans le cœur de l'ennemi. Et Richard Nordhausen chante un lied au mortier 42. Chez les jeunes, la même ivresse guerrière se manifeste, au début. Mais beaucoup l'ont perdue bien vite, au contact des souffrances subies et causées. Fritz von Unruh, qui s'engage comme uhlan et qui part en criant : « Paris !... Paris est notre but! », dès septembre, sur l'Aisne, compose *Der Lamm* (*l'Agneau*) : « *Agneau de Dieu j'ai vu ton douloureux regard. Apporte-nous la paix et le repos, ramène-nous bientôt dans le ciel de l'amour, et recouvre les morts!...* » Rudolf Léonhard, qui chante la guerre, au début, et qui se bat, lui aussi, quand il relit peu après la suite de ses vers, inscrit à la première page: "*Ecrit dans V ivresse des premières semaines. L'ivresse est partie, la force est restée; nous reprendrons de nouveau possession de nous-mêmes et nous nous aimerons.* » — Des poètes inconnus se révèlent par le cri de compassion de leur cœur déchiré. Andréa Fram, resta à la maison (*Zu Hause*), souffre de ne pas souffrir tandis que des milliers d'autres souffrent et meurent : « *Et tout ton amour, et toute ta souffrance, ton plus ardent désir ne réussissent pas à rendre sa dernière heure plus légère à un seul qui là-bas agonise...* » — *Ludwig Marck est prostré* « *sous le cauchemar de chaque minute* ».

Menschen in Not... Brüder dir tôt... Krieg ist im Land...

Le poète qui écrit sous le pseudonyme de Dr Owlglass, pour le 70e anniversaire de Nietzsche (15 octobre), propose aux Allemands un nouvel idéal : « non pas le surhomme, mais au moins... l'homme! » — Cet idéal, Franz Werfel le réalise dans ses poèmes frémissants d'une humanité douloureuse, qui communie dans la misère et dans la mort :

« *Plus que la communauté des paroles et des œuvres nous lie, tous, le* regard qui s'éteint, et la couche funèbre, et la détresse mortelle, lorsque le cœur se brise. Que tu te courbes devant le puissant, que tu trembles devant le doux visage aimé, que tu épies V ennemi d'un œil dur..., cois à l'avance oh ! Vois le regard qui sombre, le râle effroyable, la bouche sèche, la main qui se crispe, la solitude dernière, et le front qui se mouille de misère et de sueur... Sois bon... La tendresse est sagesse, la douceur est raison... — Étrangers nous sommes sur la terre, tous, et l'on meurt afin de se réunir..», *Mais de tous les poètes allemands, celui qui a écrit les paroles les plus sereines, les plus hautes, le seul qui ait conservé dans cette guerre démoniaque une attitude vraiment goethéenne, est celui que la Suisse s'honore d'avoir pour hôte et presque pour fils adoptif: Hermann Hesse. Continuant de vivre à Berne*, à l'abri de la contagion morale, il s'est tenu délibérément à l'écart du combat. On se souvient du bel article de la *Neue Zürcher Zeitung* (3 novembre), reproduit par le Journal de Genève (16 novembre) : « O Freunde, nicht diese Tône! » où il adjurait les artistes et les penseurs d'Europe « de sauver le peu de paix » qui pouvait encore être sauvé et de ne pas « saccager », eux aussi, avec leur plume, l'avenir européen. Il a écrit, depuis, quelques belles poésies, dont une, invocation à la Paix (*Friede*), dans sa simplicité classique, est un lien émouvant qui trouvera le chemin de bien des cœurs oppressés :

Jeder hat's gehabt,

Keiner hat's geschœtzt.

Jeden hat der süsse Quell gelabt.

O wie klingt der Name Friede jetzt!

Klingt so fern und zag,

Klingt so tranenschwer,

Keiner weiss und kennt den Tag,

Jeder sehnt ihn voll Verlangen her...

(Chacun l'a possédée. Personne ne l'a appréciée. Chacun s'est rafraîchi à la source douce. Oh! Comme sonne le nom de la paix à présent! — Il sonne si lointain, si craintif; il sonne si lourd de larmes!...)

L'attitude des jeunes revues est curieuse à observer. Tandis que les revues âgées et consacrées (celles qui correspondent à notre *Revue des Deux Mondes* ou à notre *Revue de Paris*) sont toutes plus ou moins touchées par l'ardeur guerrière, — telle la *Neue Rundschau*, publiant les fameuses divagations de Thomas Mann sur la Kultur et la Civilisation (*Gedanken im Kriege*), — plusieurs, parmi les jeunes, affectent un détachement hautain des événements actuels.

Les impassibles *Blätter fur die Kunst*, sur lesquels plane l'invisible personnalité de Stefan George, trouvent moyen de publier, à la fin de 1914, un volume de poésies de 156 pages, sans une ligne ayant trait à la guerre. Et une note, à la fin, affirmant que « l'attitude des auteurs est la même qu'avant les événements », répond par avance « à la remarque que ce n'est pas le moment pour des poésies », parle mot de Jean-Paul : « qu'aucun temps n'a plus besoin des poètes que celui qui croit pouvoir le mieux s'en passer. »

La vibrante, nerveuse, audacieuse revue *Die Aktion*, de Berlin, dont le point de vue ultra- moderne est pourtant bien différent de l'impersonnalité marmoréenne de la revue précédente, — comme elle, affirme, dès son numéro du 15 août 1914, qu'elle ne s'occupera point de politique et qu'elle ne contiendra que de la littérature et de l'art. Si dans cette littérature elle fait néanmoins une place aux poésies de guerre, que lui envoient des champs de bataille les médecins militaires Wilhelm Klemm et Hans Koch, c'est la qualité de l'art et non la vivacité du sentiment patriotique qu'elle prend en considération; car elle persifle outrageusement les chantres ridicules du chauvinisme germanique, Heinrich Vierordt, l'auteur de *Deutschland, hasse*, les poètes criminels qui excitent à la haine par des récits mensongers, et le professeur Haeckel. Son dilettantisme est extrême; elle publie couramment dans ses numéros hebdomadaires des traductions françaises (d'André Gide, de Péguy, de Léon Bloy), des reproductions d'œuvres de peinture française, de Daumier, de Delacroix, de Cézanne, de Matisse, de R. de la Fresnaye: (le cubisme fleurit dans cette revue berlinoise). Son numéro du 24 octobre est consacré à Péguy et porte en première page le portrait, par Egon Schiele, de celui en qui le directeur, Franz Pfemfert, au nom de l'*Aktion*, honore « la plus vigoureuse et la plus pure force morale qui s'exprimât dans la littérature française d'aujourd'hui. » Ajoutons que, comme il arrive souvent, de l'autre côté du Rhin, ils passent la mesure en « déplorant la mort de ce grand homme, comme celle d'un des leurs », et en se proclamant «ses héritiers ». — Mais l'orgueil qui admire est du moins supérieur à celui qui dénigre.

La plus importante de ces jeunes revues, par la variété des questions qu'elle traite, par le nombre et la valeur de ses collaborateurs, comme par l'esprit très large de celui qui la dirige (l'écrivain René Schickele, Alsacien d'origine, un de ceux qui sentent le plus vivement l'acuité douloureuse de la lutte engagée), est *Die weissen Blätter*. Elle correspond à peu près à notre *Nouvelle Revue Française*. Interrompue quatre mois, elle a repris en janvier, avec cette déclaration qui s'apparente à celle de la *Revue des Nations* de Berne : *«Il nous semble beau de commencer la reconstruction, au milieu de la guerre, et d'aider à préparer la victoire de l'esprit. La communauté européenne semble aujourd'hui détruite Le devoir de tous ceux qui ne portent pas les armes ne devrait-il pas être de vivre, dès aujourd'hui, avec pleine conscience comme ce sera le devoir pour tout Allemand, quand la guerre sera finie?»*

A côté de publications désintéressées de la politique actuelle, romans historiques à longue haleine (comme le *Tychô Brahé* de Max Brod), ou comédies satiriques de Garl Sternheim, qui continue de poursuivre de sa mordante ironie la haute société allemande, les grands industriels, — les *Weissen Blätter* s'ouvrent largement aux questions du jour. Mais, quelques différences l'appréciation de fait qui doivent forcément exister entre une revue allemande et nos revues françaises, il faut mettre en lumière l'attitude nettement hostile de ces écrivains à tous les excès du chauvinisme. Les articles de Max Scheler: *Europa und der Krieg* montrent un louable effort d'impartialité. La revue fait accueil à la loyale Annette Kolb, qui, née d'un père allemand et d'une mère française, souffre cruellement du conflit entre ses deux natures, et vient de soulever une tempête à Dresde pour avoir eu le courage d'affirmer dans une conférence publique sa fidélité aux deux patries et son regret que l'Allemagne méconnaisse la vraie âme française. Dans le numéro de février, sous le titre : *Ganz niedrich hängen!* Nous lisons une répudiation violente de la *Krieg mit dem Maul* de la guerre à coups de gueule):

> *Si les journalistes croient par ces insultes à l'ennemi inspirer du courage, ils se trompent... Nous refusons de tels stimulants... Nous osons dire qui nos yeux le dernier volontaire ennemi qui, dans un but de patriotisme mal compris mais exalté, tire sur nous, en embuscade, et sait bien ce qu'il risque est de beaucoup supérieur au journaliste qui met habilement à profit te vent du jour et avec de grands mots bruyants d'emphase patriotique ne combat pas l'ennemi, mais crache dessus... »*

De tous ces jeunes écrivains qui s'efforcent de défendre leur esprit contre les entraînements des passions nationales, le plus décidé, le plus éloquent, le plus hardi, celui dont la personnalité a été soulevée le plus haut par la tempête, est Wilhelm Herzog, qui dirige le Forum de Munich, et qui, comme notre Péguy au début de ses *Cahiers de la quinzaine*, remplit presque entièrement sa revue de ses articles enflammés. Nourri d'Heinrich v. Kleist, dont il a été l'historien passionné, il regarde et il juge les choses de ce temps, avec les yeux tragiques de cet indomptable esprit. La censure allemande a beau le bâillonner, lui couper la publication qu'il veut faire de la conférence de Spitteler, ou de celle d'Annette Kolb, ses cris d'indignation et d'ironie vengeresse s'élèvent jusqu'à nous. Il flagelle âprement les 93 intellectuels, « *qui se croient des Ajax, parce qu'ils braillent le plus fort*», ces politiques à la Haeckel qui partagent le monde, ces bardes patriotes qui insultent les autres nations; il attaque sans égards Thomas Mann, tourne en dérision ses sophismes, défend contre lui la France, l'armée française, la civilisation française. Il montre que tous les grands hommes de l'Allemagne (Grunwald et Durer et Bach et Mozart et les autres) ont été persécutés, calomniés, humiliés. Dans un article intitulé: *Der neue Geist*, après avoir raillé le retour du poncif dans tous les théâtres allemands et la médiocrité littéraire des productions patriotiques, il se demande où l'on peut trouver « le nouvel esprit » ; et ce lui est un prétexte pour exécuter les Ostwald et les Lasson.

> *« Où le trouver ? Aux Hochschulen ? A-t-on lu cet invraisemblablement grossier (unwarhrscheinlich plumpen) appel des 99 professeurs ? A-t-on goûté les déclarations de ce vieux momifié deux fois centenaire (des*

zweihundertjœhrige Mummelgreises) Lasson ? Quand j'étudiais en premier semestre la philosophie à l'Université de Berlin, l'amphithéâtre où il lisait son cours était déjà pour nous un lieu d'hilarité (Lachkabinett). Et maintenant, on le prend au sérieux! Des journaux anglais, français, italiens, impriment son sénile bavardage dirigé contre la Hollande, en ajoutant que telle est la Stimmung des intellectuels allemands! Quel mal nous ont fait ces Geheimräte et ces professeurs, avec leur Aufklärungsarbeit ! On peut à peine l'évaluer... Leur incapacité à se mettre dans la peau des autres fait le vide autour d'eux. »

En face de ces faux représentants d'un peuple, ces bavards de l'intelligence et ces aventuriers de la politique, il exalte les silencieux, la grande masse du peuple, de tous les peuples, qui souffrent et qui se taisent; et il s'unit à eux dans la « communauté invisible de la douleur » :

« Un souffrant qui sait que des millions d'autres êtres ont à supporter comme lui des tourments portera ses souffrances avec calme ; il les acceptera même volontiers, parce qu'il sent qu'elles le font plus riche, plus sensible, plus fort et plus humain». Et il cite les mots du vieux Maître Eckehart: *« Das schnellste Tier, das Euch tragt zur Vollkommenheit, ist Leiden. »* (La bête la plus rapide qui vous porte à la perfection, c'est la Douleur).

Au terme de cette revue sommaire des jeunes écrivains de la guerre, il faut faire une place à ceux qu'elle a brisés ; ils étaient parmi les meilleurs: — Ernst Stadler, passionné pour l'esprit et pour l'art de la France, traducteur de Francis Jammes, admirateur de Péguy, et qui, des tranchées de France où on l'avait envoyé, à la veille de sa mort, en novembre, s'entretenait par lettre, avec Stefan Zweig, de Verlaine qu'il traduisait; — le malheureux Georg Trakl, poète de la mélancolie, dont on fit un lieutenant de colonne sanitaire, en Galicie, et que la vue des souffrances poussa, à la fin d'octobre, au désespoir et au suicide. — Que de tragédies cachées, sur lesquelles nous laissons le voile, pour l'instant ! Quand nous le lèverons plus tard, l'humanité frémira en contemplant son œuvre.

En parcourant ces écrits allemands inspirés par la guerre, où passe par moments un souffle puissant de révolte ou de douleur, je faisais une réflexion, que beaucoup de mes lecteurs français feront sans doute avec moi : je pensais que nos jeunes écrivains à nous n'écrivaient pas de

« littérature ». Leurs œuvres, ce sont leurs actes; et ce sont aussi leurs lettres. Et, je me disais, après avoir relu quelques-unes de ces lettres, que notre part était la meilleure. Ce n'est pas mon sujet de montrer en ce moment la place que prendra cette correspondance héroïque, non seulement dans notre histoire, mais même dans notre art. La fleur de notre jeunesse y a mis tout son être, sa foi et son génie. Pour telle de ces lettres, je donnerais les plus beaux vers du plus beau des poèmes. On le verra plus tard : quoi qu'on puisse penser de la valeur de cette guerre, quel qu'en soit le résultat, la France, — la France qui se bat — y aura écrit, sans y songer, sur le papier maculé de boue et, quelquefois, de sang, quelques-unes de ses pages les plus sublimes. Certes, cette guerre nous tient aux entrailles, plus que nos adversaires. Quel est celui de nous qui aurait le cœur d'écrire, lorsque sa patrie souffre et que ses frères meurent, un drame ou un roman? ... Mais je n'institue pas de comparaison entre les deux nations. L'essentiel, pour l'instant, est de montrer qu'en Allemagne même l'esprit que nous haïssons, l'esprit d'impérialisme avide et d'orgueil inhumain, l'esprit de la caste militaire et des pédants mégalomanes, est combattu, en pleine guerre, par une élite. Ce n'est qu'une minorité; nous ne nous faisons pas illusion; et nous n'en devons que plus redoubler nos efforts pour vaincre l'ennemi commun. Pourquoi donc faire entendre ces voix généreuses et impuissantes? Parce qu'elles ont plus de mérite, moins elles sont écoutées; et que c'est le devoir de ceux qui luttent pour la justice de rendre aussi justice aux hommes qui, dans tous les pays, même dans celui dont l'État représente à nos yeux la violation du droit par le *Faustrecht*, défendent, avec nous, l'esprit de liberté.

Journal de Genève, 19 avril 1915

XVI

LE MEURTRE DES ÉLITES

Le mot n'est pas d'aujourd'hui ; mais d'aujourd'hui est le fait. Jamais, en aucun temps, on n'a vu l'humanité jeter dans l'arène sanglante toutes ses réserves intellectuelles et morales, ses prêtres, ses penseurs, ses savants, ses artistes, tout l'avenir de l'esprit, — gaspillant ses génies comme chair à canon.

Et sans doute, cela est grand, lorsque la lutte est grande, lorsqu'un peuple combat pour une cause éternelle, dont la ferveur embrase la nation tout entière, du plus petit au plus grand, fond tous les égoïsmes, purifie les désirs, et des âmes multiples fait une âme unanime. — Mais si la cause est suspecte, ou si elle est souillée, (ainsi que nous jugeons celle de nos adversaires), quelle sera la situation d'une élite morale, qui a gardé le triste et hautain privilège d'entrevoir tout au moins une partie de la vérité, et qui doit cependant combattre, mourir, tuer pour une foi dont elle doute ?

Les esprits passionnés qu'enivre le combat, ou que volontairement aveuglent les nécessités de l'action, ne s'embarrassent pas de ces questions. L'ennemi est pour eux un bloc; et ce bloc seul existe, car il faut qu'ils le brisent : c'est leur rôle, leur devoir. A chacun son devoir — Mais si les minorités n'existent pas pour eux ils existent pour nous qui, ne combattant pas, avons la liberté et le devoir de tout voir, nous qui faisons partie de la minorité éternelle, celle qui a été, qui est et qui sera l'éternelle opprimée, l'invincible éternelle. A nous d'entendre et de révéler ces souffrances morales ! Assez d'autres répètent, ou inventent, les joyeux échos de la mêlée. Que d'autres voix s'élèvent, qui rendent au combat ses tragiques accents et son horreur sacrée ! Je prendrai mes exemples dans le camp ennemi, — pour plusieurs raisons : parce que la cause allemande étant, dès le début, entachée d'injustice, les souffrances du petit peuple des justes et du peuple plus petit encore des clairvoyants y sont plus grandes qu'ailleurs; — parce que ces témoignages s'étalent ouverte- ment dans des publications, dont la censure allemande n'a pas vu la hardiesse;

— parce que je m'incline avec respect devant la discipline héroïque du silence que la France qui combat s'impose sur ses souffrances. (Plût à Dieu que ce silence ne fût pas rompu par ceux qui, pré- tendant les nier, dans des récits de journaux sans sérieux et sans dignité, profanent la grandeur du sacrifice par la légèreté révoltante do leurs niaises facéties!)

J'ai montré, dans un article récent qu'une partie de la jeunesse intellectuelle d'Allemagne était loin de partager le délire guerrier de ses aînés. J'ai cité certaines désapprobations énergiques infligées aux théoriciens de l'impérialisme par ces jeunes écrivains. Et ceux-ci ne sont pas, ainsi que Ta pu croire un article du Temps (à la loyauté duquel je suis heureux d'ailleurs de rendre hommage), un groupe aussi restreint que celui de nos symbolistes. Ils comptent parmi eux des artistes qui jouissent d'un large public et qui ne prétendent nullement (à part le groupe de Stefan George) écrire pour quelques-uns, — qui veulent écrire pour tous. J'ai dit que la revue du plus hardi d'entre eux, le Forum, de Wilhelm Herzog, était lue dans les tranchées allemandes et en recevait des approbations.

Mais ce qui est plus étonnant, c'est que cet esprit de critique ait pénétré certains des combattants, et même ait fait son apparition parmi des officiers allemands. Dans le numéro de novembre-décembre de la Friedens-Warte, éditée à Berlin, Vienne, Leipzig, par le D r Alfred-H. Fried, on trouve un Appel aux peuples germaniques (« Aufruf an die Vœlker germanischen Blutes »), adressé, à la fin d'octobre, par le baron Marschall von Biberstein, Landrat de Prusse et capitaine de la réserve du 1 er régi- ment de la garde à pied. Cet article a été écrit dans une tranchée au nord d'Arras, où le 11 novembre, Biberstein fut tué. Il exprime sans feinte l'horreur de la guerre et le désir ardent que ce soit la dernière : « C'est la conviction à laquelle sont arrivés ceux qui se trouvent sur le front et qui sont les témoins des souffrances indicibles d'une guerre moderne. » Franchise plus méritoire encore : Biberstein se décide à un commencement d'aveu et de mea culpa pour les fautes de l'Allemagne. « La guerre a ouvert les yeux, dit-il, sur notre effrayante Unbeliebtheit (faculté de n'être pas aimés). Toute chose a sa cause : nous devons avoir causé cette haine; et même, en partie, nous l'avons justifiée... Espérons que ce ne sera pas le dernier profit de cette guerre que V Allemagne fera un retour sur elle-même, cherchera à reconnaître ses fautes et à les corriger. » Malheureusement, l'article est encore gâté par l'orgueil germanique qui, désirant la paix du monde, prétend l'imposer au monde, et rappelle, par certains côtés, le pacifisme belliqueux du trop célèbre Ostwald.

Mais voici, d'un autre officier (dont j'ai déjà parlé dans mon dernier article), le poète Fritz von Unruh, premier lieutenant de uhlans sur le front ouest, des scènes dramatiques en vers et prose, parues tout récemment sous le titre : Vor der Entscheidung (avant la décision). C'est un poème dramatique, où l'auteur a noté ses propres impressions et sa transformation morale. Le héros, qui est comme lui un officier de uhlans, traverse différents milieux de la guerre, et reste partout un étranger, une âme dégagée des passions meurtrières, qui voit l'abominable réalité et qui en souffre jusqu'à l'agonie. Les deux scènes reproduites par la Neue Mrcfter Zeitung montrent une tranchée boueuse et sanglante, où des soldats allemands, comme des bêtes à l'abattoir, meurent ou vont mourir, avec d'amères paroles, — et des officiers qui se grisent de Champagne autour d'un mortier de 42 et rient et s'étourdissent, jusqu'à ce qu'ils tombent écrasés de fatigue et de sommeil De la première scène, je détache ces terribles paroles d'un de ceux qui attendent, dans la tranchée, sous la mitraille : — (Drelssigjœhrîger) « un homme de trente ans » :

Au pays, ils rient, — ils arrosent chaque victoire.

— Ils nous égorgent comme du bétail de boucherie

— et ils disent : « C'est la guerre! » — Quand ce sera fini, ils sont malins, — ils nous feront fête pendant trois ans. — Mais le premier estropié ne grisonnera pas — qu'on se moquera déjà de ses cheveux blancs.

La Neue Ziircher Zeitung en a publié quelques fragments dans son numéro du 4 avril. Et le uhlan, saisi d'horreur au milieu des massacres, se jette à genoux et prie :

Toi qui donnes la vie, toi qui la prends, — comment te reconnaître? — Dans ces tranchées jonchées de corps mutilés, — je ne te trouve pas, Le cri déchirant de ces milliers qu'étouffe l'affreuse étreinte de la mort ne perce-t-il pas jusqu'à toi, — ou se perd-il dans l'espace glacé? — Pour qui doit fleurir ton printemps? — Les splendeurs de tes soleils, pour qui? Oh pour qui, mon Dieu? Je te le demande au nom de tous ceux à qui le courage et la peur ferment la bouche devant l'horreur de tes ténèbres : quelle chaleur ai-je en moi? — Quelle vérité luit? Ce massacre peut-il être ta volonté? — Est-ce ta volonté?... (Il perd connaissance et tombe.) D'une douleur moins lyrique, moins exaltée, plus simple, plus réfléchie, et plus proche de nous, est la suite des Feldpostbriefe du Dr Albert Klein, professeur à l'Oberrealschule de Giessenet lieutenant de la landwehr, tué le 12 février en Champagne.

Laissant de côté les pages les plus frappantes peut-être pour les qualités d'art et de pensée, je ne donnerai de ces lettres que deux extraits qui sont de nature à intéresser particulièrement les lecteurs.

Le premier nous dépeint avec une rare franchise l'état moral de l'armée allemande :

Brave, sans souci pour sa vie, qui l'est parmi nous? Nous tous nous savons trop ce que nous valons et ce que nous pouvons; nous sommes au meilleur âge ; de la force dans les bras et les âmes ; et comme personne ne meurt volontiers, personne n'est brave (tapfer), au sens habituel du mot ; ou cela est extrêmement rare. Justement parce que la bravoure est si rare dans la vie, c'est pour cela qu'on fait cette dépense de religion, de poésie, de pensée, qui de bonne heure déjà commence à l'école, — qui chante comme le sort le plus haut la mort pour la patrie, jusqu'à ce qu'elle atteigne son faîte dans ce faux héroïsme qui fait tapage autour de nous dans les journaux et les discours, et qui est à si bon marché, — et aussi dans le vrai héroïsme d'un petit nombre, qui s'exposent et entraînent les autres... Nous faisons notre devoir, nous faisons ce que nous devons ; mais ce sont là des vertus passives... Quand je lis dans les journaux, dans les écrivailleries de ceux qui ont une mauvaise conscience, parce qu'ils sont en sûreté par derrière, quand je lis ces hâbleries qui font de tout soldat un héros, cela me fait mal. L'héroïsme est une plante rare, et l'on ne bâtit sur lui aucune armée du peuple (Volksheere). Pour la tenir, on a besoin que l'homme ait devant les supérieurs du respect et même plus de peur (Angst) que devant l'ennemi, on a besoin de supérieurs qui aient de la conscience, fassent bien leur devoir, sachent bien leur affaire, aient du coup d'œil, et maîtrisent leurs nerfs. Quand nous lisons les éloges que font de nous ceux qui sont par derrière, nous rougissons. Dieu soit loué! La vieille robuste pudeur n'est pas morte chez nous ... Ah! Chers amis, qui est ici ne parle pas si complaisamment de mourir, de trépas, de sacrifice, de victoire, comme le font ceux qui, derrière nous, sonnent les cloches, déclament les discours, écrivent les journaux. Qui est ici s'accommode comme il peut de l'amère nécessité de la souffrance et de la mort, si c'est son lot ; mais il sait, il voit que de nobles sacrifices, d'innombrables, d'innombrables sacrifices ont été déjà accomplis, et que de la destruction, on en aurait depuis longtemps assez, de notre côté comme de l'autre. Précisément quand on doit, comme moi, voir en face la souffrance, alors s'entrelace un lien qui m'unit avec ceux qui sont là-bas, de l'autre côté ; (et qu'il vous lie aussi avec eux, mes chéris!... Oui, vous le sentez aussi, n'est-ce pas ?...) Si je reviens d'ici (ce que je n'espère presque plus), mon devoir le plus cher sera de me plonger dans l'étude de la pensée de ceux qui ont été nos ennemis. Sur une plus large base, je veux reconstruire mon être... Et je crois, qu'après cette guerre, il sera moins difficile qu'après toute autre d'être humain.

Le deuxième fragment est le récit d'une émouvante rencontre avec un prisonnier français :

Hier soir, j'ai été étrangement ému. J'ai eu l'occasion de voir un transport de prisonniers, et j'ai causé avec un d'eux, un collègue, professeur do philologie ancienne au collège de F... Un homme si ouvert, si intelligent, d'une si belle tenue militaire comme tous ses compagnons, bien qu'ils vinssent de passer par une terrible épreuve, — le feu des mitrailleuses... Il me fut une preuve du non-sens de la guerre. Je pensais, comme on eût voulu être l'ami de ces hommes, qui vous sont si proches par l'éducation, la façon de vivre, le cercle de pensées, les intérêts. — Nous nous mimes à causer d'un livre sur Rousseau, et nous commençâmes à disputer, comme de vieux philologues... Combien nous sommes semblables en force et en valeur ! Et combien peu vrai ce que nos journaux racontent des troupes françaises ébranlées et épuisées ! Aussi vrai, aussi peu vrai que ce que les journaux français écrivent sur notre compte... Le collègue français montrait dans ses propos un esprit si réfléchi, tant de compréhension et d'estime pour l'esprit allemand ! Que nous soyons ainsi faits pour être amis et que nous devions être séparés!... J'étais tout à fait bouleversé. Je m'assis anéanti. Je méditais, je méditais... Et je ne pouvais m'en tirer par tous les sophismes. — Aucune un, aucune fin à la guerre, qui depuis bientôt six mois engloutit dans son gouffre hommes, fortune et bonheur ! Et ce sentiment est le même chez nous et chez les autres. Toujours le même tableau : nous faisons la même chose, nous souffrons la même chose, nous sommes la même chose. Et c'est juste- ment pour cela que nous sommes si âprement ennemis... Mêmes accents d'angoisse et de trouble, avec un désespoir qui touche presque à l'affolement, par instants, et, qu'à d'autres, soulève un haut élan religieux, dans les lettres d'un soldat allemand à un professeur de la Suisse allemande : — (nous en avons eu connaissance, depuis trois à quatre mois, à l'Agence des prisonniers, et elles ont été publiées dans Foi et Vie, n° du 15 avril. On a fait le silence sur elles. Nous insisterons donc. Elles en valent la peine). — Dans ces lettres, qui vont de la deuxième quinzaine d'août à la fin de décembre, on voit, dès le 25 août, chez les troupes allemandes, le désir de la paix :

Nous tous, même ceux qui au début furent les plus acharnés à la lutte, nous ne désirons plus aujourd'hui que la paix, nos officiers aussi bien que nous... Tout convaincus que nous soyons de la nécessité de vaincre, l'enthousiasme guerrier n'existe pas chez nous ; nous remplissons notre devoir, mais le sacrifice est dur. C'est notre âme qui souffre... Je ne puis dire les souffrances que j'endure...

20 septembre. Un ami m'écrit : « j'ai pris part à de grandes batailles : depuis, je souffre moralement jusqu'à épuisement complet, tant physique que psychique. Mon âme ne trouve plus de repos... Cette guerre nous révélera combien de la brute réside encore dans l'homme, et cette révélation nous fera faire un grand pas hors de l'animalité : sinon, c'en est fait de nous. »

28 novembre. Une admirable page, où l'on croirait entendre la voix du vieux Tolstoï. Que sont tous les harassements de la guerre, comparés aux pensées qui nuit et jour nous obsèdent ? Quand je me trouve sur une colline d'où, la vue domine la plaine, voici l'idée qui, sans cesse, me torture : là-bas, dans la vallée, la guerre fait rage; ces lignes brunes qui sillonnent le paysage sont pleines d'hommes qui se trouvent face à lace, comme ennemis. Et là-haut, sur la colline, devant toi, se tient peut-être un nomme qui, comme toi, contemple les bois, le ciel bleu, et qui peut-être rumine les mêmes pensées que toi, son ennemi!... Cette proximité continuelle vous rendrait fou ! On est tenté d'envier les camarades qui peuvent tuer le temps, en dormant, en louant aux cartes.., décembre. Le désir de la paix est intense chez tous, chez tous ceux du moins qui se trouvent sur le front, qui sont obligés d'assassiner et de laisser assassiner. Les journaux disent qu'il est à peine possible de modérer l'ardeur guerrière des combattants... Ils mentent — consciemment ou inconsciemment. Nos pasteurs contestent dans leurs sermons la légende qui prétend que l'ardeur guerrière se ralentit... Vous ne sauriez croire combien de pareils bavardages nous indignent, Qu'ils se taisent, et qu'ils ne parlent pas de choses dont ils ne peuvent rien savoir! Ou plutôt, qu'ils viennent, non point en aumôniers qui se tiennent à l'arrière, mais sur la ligne de feu, les armes à la main! Peut-être alors s'apercevront-ils de la transformation intérieure qui s'accomplit en d'innombrables d'entre nous. Pour ces pasteurs, qui est dépourvu d'ardeur guerrière n'est pas un homme tel que notre époque en réclame. Il me semble pourtant que nous sommes de plus grands héros que les autres, nous qui, sans être sou tenus par l'enthousiasme belliqueux, accomplissons fidèlement notre devoir, tout en haïssant la guerre de toute notre âme... Ils parlent d'une guerre sacrée... Moi je ne connais pas de guerre sacrée. Je ne connais qu'une guerre, celle qui est la somme de ont ce qui est inhumain, impie, bestial dans l'homme, et qui est un châtiment de Dieu et un appel à la contrition pour le peuple qui s'y laisse entraîner. Dieu envoie les hommes à travers cet enter, afin qu'ils apprennent à aimer le ciel. Pour le peuple allemand, cette guerre me semble un châtiment et un appel à la contrition, — et en premier lieu, pour notre Église allemande... J'ai des amis qui souffrent à l'idée de ne pouvoir rien faire pour la patrie. Qu'ils

restent chez eux avec la conscience bien tranquille! Tout dépend de leur œuvre pacifique. — Mais les enthousiastes de la guerre, qu'ils viennent! Peut-être qu'ils apprendront à se taire... Pourquoi publier ces pages? me demanderont quelques-uns, en France. A quoi bon, quand la guerre est lancée, attirer la pitié sur des adversaires, au risque d'émousser l'ardeur des combattants? » — Je répondrai : Parce que c'est la vérité, et parce que cette vérité légitime notre jugement, le jugement de l'univers contre les chefs de l'Allemagne et contre leur politique. Ce que leurs armées ont fait, nous le savons; mais qu'elles aient pu faire, avec les éléments comme ceux dont nous venons d'entendre les confessions, incrimine encore plus leurs maîtres. Du fond des champs de bataille ces voix d'une minorité sacrifiée s'élèvent comme une condamnation vengeresse des oppresseurs. Aux actes d'accusation dressés contre les Empires de proie et contre leur orgueil inhumain, au nom du droit violé, de l'humanité outragée, par les peuples victimes et par les combattants, s'ajoute le cri de douleur des âmes nobles de leur propre peuple que les mauvais bergers, qui ont déchaîné cette guerre, ont conduites et contraintes au meurtre et à la déraison. Sacrifier son corps n'est pas la pire souffrance, mais sacrifier aussi, renier, tuer son âme!... Vous qui mourez du moins pour une cause juste, et qui, gonflés de sève et lourds de foi, tombez, de même qu'un fruit mûr, que votre sort est doux auprès de ce supplice!... — Mais nous ferons en sorte que ces peines ne soient pas perdues. Que la conscience de l'humanité entende et recueille leur plainte! Elle retentira, dans l'avenir, par-dessus la gloire des batailles; et, qu'elle le veuille ou non, il faudra bien que l'histoire l'enregistre. L'histoire fera justice des bourreaux de leurs peuples. Et les peuples apprendront à se délivrer de leurs bourreaux.

Journal de Genève, 14 juin 1915

XVII

JAURÈS

Il se livre sous nos yeux des batailles où meurent des milliers d'hommes, sans que leur sacrifice ait parfois d'influence sur l'issue du combat. Et la mort d'un seul homme peut être, en d'autres cas, une grande bataille perdue pour toute l'humanité. Le meurtre de Jaurès fut un de ces désastres.

Que de siècles il avait fallu, que de riches civilisations du Nord et du Midi, du présent, du passé, répandues et mûries dans la bonne terre de France, sous le ciel d'Occident, pour produire une telle vie ! Et quand le hasard mystérieux qui combine les éléments et les forces réussira-t-il un second exemplaire de ce bon génie ?

Jaurès offre un modèle, presque unique dans les temps modernes, d'un grand orateur politique qui est, en même temps, un grand penseur, joignant une vaste culture à une observation pénétrante et la hauteur morale à l'énergie de l'action. Il faut remonter jusqu'à l'antiquité pour retrouver un pareil type humain. À la fois soulevant les foules et enchantant l'élite, versant à pleines mains son génie généreux non seulement dans ses discours, dans ses traités sociaux, mais dans ses livres d'histoire, dans ses œuvres de philosophie, et partout laissant sa marque, le sillon de son labeur robuste et la semence de son esprit novateur. Souvent je l'ai entendu à la Chambre, dans les congrès socialistes, dans les assemblées pour la défense des peuples opprimés ; il m'a même fait l'honneur de présenter mon Danton au peuple de Paris. Je revois sa grosse figure calme et joyeuse de bon ogre barbu, ses yeux petits, vifs et riants, dont le regard lucide savait en même temps suivre le vol des idées et observer les gens; je le revois sur l'estrade, allant de long en large, les bras derrière le dos, à pas lourds, comme un ours, et se tournant brusquement pour lancer à la foule, de sa voix monotone et cuivrée, comme une trompette aiguë, de ces mots martelés qui s'en allaient frapper jusqu'aux places les plus hautes des vastes amphithéâtres, et qui touchaient au cœur, qui par toute la salle faisaient bondir l'âme de tout un peuple uni dans la même émotion. Et quelle beauté de voir par- fois ces multitudes de prolétaires, soulevées par les grands rêves que Jaurès évoquait des horizons lointains, — dans la voix de leur tribun buvant la pensée grecque !

De tous les dons de cet homme, le plus essentiel fut d'être essentiellement *un homme*, — non l'homme d'une profession, d'une classe, d'un parti, d'une idée — mais un homme complet, harmonieux et libre. Rien ne l'enfermait ; mais il enfermait tout en lui. Les manifestations les plus hautes de la vie trouvaient ici leur confluent. Son intelligence avait le besoin de l'unité ; son cœur avait la passion de la liberté. Et ce double instinct le défendait en même temps du despotisme de parti et de l'anarchie. Son esprit cherchait à tout étreindre, non pas pour le contraindre, mais pour l'harmoniser. Surtout, il avait le génie de voir l'« *humain* » en toute chose. Son pouvoir de sympathie universelle se refusait également à la négation étroite et à l'affirmation fanatique. Toute intolérance lui faisait horreur.

S'il se mettait à la tête d'un grand parti de révolte, c'était avec la pensée « d'épargner, comme il dit, à la grande œuvre de la révolution prolétarienne l'écœurante et cruelle odeur de sang, de meurtre et de haine, qui est restée attachée à la Révolution bourgeoise. A l'égard de toutes les doctrines, » il réclamait, en son nom et au nom de son parti, « le respect de la personnalité humaine et de l'esprit qui se manifeste en chacune d'elles. » Le seul sentiment de l'antagonisme moral qui existe entre les hommes, même sans lutte apparente, des barrières invisibles qui s'opposent à la fraternité humaine, lui était douloureux. 11 ne pouvait lire les paroles du cardinal Newman sur le gouffre de la damnation qui est, dès cette vie, ouvert entre les hommes, « sans avoir, disait-il, une sorte de cauchemar... Il voyait l'abîme prêt à se creuser sous les pas de tous ces êtres humains, misérables et fragiles, qui se croient reliés par une communauté de sympathie et d'épreuves » ; et il en souffrait jusqu'à l'obsession.

C'est à combler cet abîme d'incompréhension qu'il s'appliqua, toute sa vie. Il eut cette originalité, tout en étant le porte-parole des partis les plus avancés, de se faire le médiateur perpétuel entre les idées aux prises. Il cherchait à les associer toutes au service du bien et du progrès communs. En philosophie, il unissait idéalisme et réalisme : en histoire, présent et passé; en politique, l'amour de sa patrie et le respect des autres patries. Il se gardait bien, comme tels fanatiques qui se disent libres penseurs, de proscrire ce qui fut, au nom de ce qui sera. Loin de la condamner, il revendiquait la pensée de tous ceux qui avaient lutté, dans les siècles disparus, à quelque parti qu'ils eussent appartenu. — « Nous avons, disait-il, le culte du passé. Ce n'est pas en vain que tous les foyers des générations humaines ont flambé; mais c'est nous gui marchons, qui luttons pour un idéal nouveau, c'est nous qui sommes les vrais héritiers du foyer des aïeux, nous en avons pris la flamme, votes n'en avez gardé que la cendre. » (Janvier 1909). — Nous saluons, écrivait-il encore dans son Introduction à l'Histoire socialiste de la Révolution, où il tâche, comme il dit, k « réconcilier Plutarque, Michelet et Karl Marx, nous saluons avec un égal respect tous les héros de la volonté. L'histoire (même conçue comme une étude des formes économiques) ne dispensera jamais les hommes de la vaillance et de la noblesse individuelles. Le niveau moral de la société de demain sera marqué par la hauteur morale des consciences d'aujourd'hui. Proposer en exemple tous les combattants héroïques qui, depuis un siècle, ont eu la passion de Vidée et le sublime mépris de la mort, c'est donc faire œuvre révolutionnaires. — Ainsi, dans tout ce qu'il touche, il rétablit la généreuse synthèse de toutes les forces de la vie, il impose partout sa grande vue panoramique de l'univers, le sens de l'unité multiple et mouvante des choses. Cet équilibre admirable d'éléments innombrables suppose chez celui qui le réalise une magnifique santé du corps et de l'esprit, la maîtrise de l'être. Jaurès la possédait; et par là, il était le pilote de la démocratie européenne.

Qu'il voyait loin et clair! Plus tard, quand on refera le grand procès de la guerre de ce temps, il y apparaîtra comme un témoin redoutable. Que n'a-t-il pas prévu! Qu'on feuillette ses discours, depuis plus de dix ans! Il est encore trop tôt pour citer, au milieu du combat, telles de ses dépositions vengeresses, devant l'avenir. Rappelons seulement, dès 1905, son angoisse de la guerre monstrueuse qui vient ; — sa hantise « du conflit tantôt sourd, tantôt aigu, toujours profond et redoutable, de l'Allemagne et de l'Angleterre » (18 novembre 1909) ; — sa dénonciation des menées occultes de la finance et de la diplomatie européennes, que favorise « l'engourdissement de l'esprit public »; — son cri d'alarme contre les « mensonges sensationnels de la presse, dirigée souvent par le capital véreux et qui par calcul financier ou par délirant orgueil, sème la panique et la haine et se joue cyniquement du destin de millions d'hommes»; — ses paroles méprisantes pour ceux qu'il nommait « les maquignons de la patrie » — sa nette appréciation de toutes les responsabilités ; — sa prévision de l'attitude domestiquée que garderait, en cas de guerre, la social- démocratie allemande, à la face de laquelle il étale (au congrès d'Amsterdam, 1904), le miroir de sa faiblesse orgueilleuse, son manque de tradition révolutionnaire, son manque de force parlementaire, son «impuissance formidable »; — sa prévision de l'attitude que certains chefs du socialisme français, que Jules Guesde, entre autres, prendrait dans le combat entre les grands États. — et, plus loin que la guerre, sa prévision des conséquences prochaines ou lointaines, sociales et mondiales, de cette mêlée des peuples...

Qu'aurait-il fait, s'il avait vécu? Le prolétariat européen avait les yeux sur lui; il avait foi en lui, comme le dit Camille Huysmans, dans le discours prononcé sur sa tombe, au nom de l'Internationale ouvrière. Il n'y a aucun doute qu'après avoir combattu la guerre jusqu'à ce que tout espoir fût perdu de l'empêcher, il ne se serait incliné loyalement devant le devoir commun de la défense nationale et qu'il n'y aurait pris part, de toute son énergie Il l'avait proclamé, au congrès de Stuttgart (1907), en plein accord sur ce point avec Vandervelde et Bebel : « Si une nation, disait-il, en quelque circonstance que ce fût, renonçait d'avance à se défendre, elle ferait le jeu des gouvernements de violence, de barbarie et de réaction... L'unité humaine se réaliserait dans la servitude, si elle résultait de V absorption des nations vaincues par une nation dominatrice. » Et, de retour àParis, rendant compte du congrès aux socialistes français (7 septembre 1907, au Tivoli Vaux-Hall), il leur imposait comme un double devoir, la guerre à la guerre, tant qu'elle n'est qu'une menace encore, à l'horizon, et, à l'heure de la crise, la guerre pour la défense de l'indépendance nationale. Ce grand Européen était un grand Français. — Mais il est sûr aussi que le devoir patriotique, accompli fermement, ne l'eût pas empêché de maintenir son idéal humain, et de guetter, en veilleur vigilant, toute occasion de rétablir l'unité déchirée. Certes, il n'eût jamais laissé aller le vaisseau du socialisme à la dérive, comme ses débiles successeurs. Il a disparu. Mais comme les splendides lueurs qui suivent le coucher du soleil, rayonnent au-dessus de l'Europe sanglante d'où monte le crépuscule, les reflets de son lumineux génie, sa bonté dans l'âpre lutte, son optimisme indestructible dans les désastres mêmes.

Une page de lui, — page immortelle, qu'on ne peut lire sans émotion, — représente le bon Alcide, Héraklès après ses travaux, se reposant sur la terre maternelle :

Il y a des heures, dit-il, où nous éprouvons à fouler la terre une joie tranquille et profonde, un jour, ni dans le jour d'il y a des siècles, ni dans le jour d'hier, mais la France tout entière, dans la succession de ses jours, de ses nuits, de ses aurores, de ses crépuscules, de ses montées, de ses chutes, et qui, à travers tontes ces ombres mêlées, toutes ces lumières incomplètes et toutes ces vicissitudes, s'en va vers une pleine clarté qu'elle n'a pas encore atteinte, mais dont le pressentiment est dans sa pensée comme la terre elle-même... Que de fois, en cheminant dans les sentiers, à travers champs, je me suis dit tout à coup que c'était la terre que je foulais, que fêtais à elle, qu'elle était à moi; et, sans y songer, je ralentissais le pas, parce que ce n'était point la peine de se hâter à sa surface, parce qu'à chaque pas je la sentais et je la possédais tout entière, et que mon âme, si je puis dire, marchait en profondeur. Que de fois aussi, couché au revers d'un fossé, tourné au déclin du jour vers l'Orient d'un bleu doux, je songeais tout à coup que la terre voyageait, que, fuyant la fatigue du jour et les horizons limités du soleil, elle allait, d'un élan prodigieux, vers la nuit sereine et les horizons illimités, et quelle m'y portait avec elle, et je sentais dans ma chair, aussi bien que dans mon âme, et dans la terre même comme dans ma chair, le frisson de cette course, et je trouvais une douceur étrange à ces espaces bleus qui s'ouvraient devant nous sans un froissement, sans un pli, sans un murmure. Oh! Combien est plus profonde et plus poignante cette amitié de notre chair et de la terre que l'amitié errante et vague de notre regard et du ciel constellé! Et comme la nuit étoilée serait moins belle à nos yeux, si nous ne nous sentions pas en même temps liés à la lierre!...»

Il est rentré dans la terre, — cette terre qui était à lui, cette terre à qui il était. Ils ont repris possession l'un de l'autre. Mais son esprit à présent la réchauffe et l'humanise. Sous les torrents de sang répandus sur sa tombe germent la vie nouvelle et la paix de demain. La pensée de Jaurès aimait à répéter, avec le vieil Héraclite, que rien ne peut interrompre le flot continu des choses et que « la paix n'est qu'une forme, un aspect de la guerre, la guerre n'est qu'une forme, un aspect de la paix, et ce qui est lutte aujourd'hui est le commencement de la réconciliation de demain. »

La lettre à Gerhart Hauptmann, écrite après la ruine de Louvain et dans l'émotion de la première nouvelle, a été provoquée par un article retentissant de Hauptmann, paru peu de jours avant. Il y repoussait l'accusation de barbarie lancée contre l'Allemagne, et la retournait... contre la Belgique. L'article se terminait par ces lignes :

« ... Je donne à M. Maeterlinck V assurance que per- sonne en Allemagne ne songe à imiter les actes de sa « nation civilisée ». Nous préférons être et rester les barbares allemands, pour lesquels les femmes et les enfants de nos adversaires sont sacrés. Je peux lui assurer que nous ne massacrerons et ne martyriserons jamais lâchement des femmes et des enfants belges. Nos témoins sont aux frontières ; le socialiste à côté du bourgeois, le paysan à côté du savant, le prince à côté de l'ouvrier; et tous combattent avec une pleine conscience pour un noble et riche trésor national, pour des biens intérieurs et extérieurs qui servent et au progrès et à l'ascension de l'humanité. » Mes adversaire ont manqué d'utiliser ce texte pour m'attribuer des sentiments de mépris à l'égard des races d'Asie et d'Afrique. — Cette accusation est d'autant moins fondée que j'ai parmi les intellectuels d'Asie de précieuses amitiés, avec qui je suis resté en communion épistolaire, durant cette guerre; et ces amis se sont si peu trompés sur ma véritable pensée qu'un d'eux, un des principaux écrivains hindous; Ananda K. Coomaraswamy, m'a dédié une admirable étude parue dans The New Age (24 décembre 1914)» et intitulée : Une Politique mondiale pour les Indes. — Mais :

1— Les troupes d'Asie, recrutées parmi des races professionnelles de la guerre, ne représentent nullement la pensée de l'Asie, comme le déclare lui-même Coomaraswamy.

2— L'héroïsme des troupes d'Afrique et d'Asie n'est pas en cause. On n'avait pas besoin des hécatombes qui en ont été faites depuis un an pour admirer leur magnifique dévouement.

3— Quant à la barbarie, je me plais à reconnaître que désormais « les peaux blanches » n'ont plus de reproche à faire aux «peaux noires, rouges ou jaunes.»

4— Ce n'est pas à celles-ci que mon blâme s'adresse, c'est à celles-là. Avec autant de vigueur qu'il y a quatorze mois, je dénonce aujourd'hui encore la politique à courte vue qui a introduit l'Afrique et l'Asie 1 dans les luttes de l'Europe. L'avenir se chargera de me donner raison.